中国当代文学名家精品集

蒜头果

李青松 著

成都地图出版社
CHENGDU DITU CHUBANSHE

图书在版编目（CIP）数据

蒜头果 / 李青松著 . -- 成都 : 成都地图出版社有限公司 , 2025. 3. -- (中国当代文学名家精品集).
ISBN 978-7-5557-2650-0

Ⅰ . I267

中国国家版本馆 CIP 数据核字第 2024DB8682 号

中国当代文学名家精品集：蒜头果
ZHONGGUO DANGDAI WENXUE MINGJIA JINGPIN JI: SUANTOUGUO

| 著　　者：李青松
| 责任编辑：杨雪梅
| 特约编辑：胡玉枝
| 封面设计：李　超

出版发行：成都地图出版社有限公司
地　　址：四川省成都市龙泉驿区建设路 2 号
邮政编码：610100
印　　刷：三河市人民印务有限公司
（如发现印装质量问题，影响阅读，请与印刷厂商联系调换）
开　　本：710mm×1000mm　1/16
印　　张：13　　　　　　　字　　数：200 千字
版　　次：2025 年 3 月第 1 版
印　　次：2025 年 3 月第 1 次印刷
书　　号：ISBN 978-7-5557-2650-0
定　　价：68.00 元

版权所有，翻印必究

《中国当代文学名家精品集》
编委会

主　编　王子君

副主编　沈俊峰　陈　晨

编　委（按姓氏音序排列）
　　　　　　陈长吟　陈　晨　韩小蕙　李青松
　　　　　　聂虹影　孙　郁　沈俊峰　王必胜
　　　　　　王子君　徐　迅　朱　鸿

出版说明

2023年春，教育部等八部门印发《全国青少年学生读书行动实施方案》。随后，122家国家语言文字推广基地共同发出"典耀中华"主题读书行动倡议。一些具有文化情怀的出版社和文化公司，立即响应，策划各种适合青少年阅读的图书，《中国当代文学名家精品集》书系应运而生。

《中国当代文学名家精品集》书系由北京世图文轩文化发展有限公司（下称"世图文轩"）策划，由成都地图出版社出版。我非常荣幸地受邀担任主编。

世图文轩成立于2010年，系北京市内乃至全国较有影响力的图书发行公司之一，曾获得"重合同守信用企业""诚信经营示范单位"等荣誉称号。长期以来，世图文轩和众多出版社就优质图书出版进行合作，获得了合作伙伴的一致好评。在"典耀中华"主题读书行动中，他们敏锐地抓住机遇，迅速策划主要以初、高中生为读者对象的大型书系选题，显现出他们的眼光、魄力与胸怀，以及对于文化市场的拓展理想。我相信，这样一家致力于图书策划、出版的公司，其品牌信誉是毋庸置疑的。

为成长中的青少年读者集中呈现名家优秀作品，是一件虽然困难，却功在当代、利在未来的大好事，我能参与其中，与有荣焉。我必须以一种高度的使命感、责任感以及担当精神来做好这个书系，成就这件大好事。

令人特别感动的是，刚开始组稿时，刘成章、王宗仁、陈慧瑛、韩小蕙、王剑冰、李青松、沈念等老师就对这个书系表现出极大的支持和信任，并在第一时间提供了书稿以示鼓励。很快，几乎所有得知此书系的作家都认为这是在为作家、为"典耀中华"主题读书行动做一件好事、大事。由此，我和我的临时编辑室成员获得了极大的信心，热情也更加高涨，此后连续十个月，我们整个身心都扑在了这件事上。

一个人只要用心做事，人们是会感受到的，也会默默地予以支持。事实上也是如此。随着组稿工作的开展，我们和作家们的沟通日益频繁，我们发现，他们除了都表现出对这个书系的兴趣与认可，对当代散文创作的发展、繁荣的前景，还有一种共同的期待与信心。这对我们无疑是一种更为巨大的鼓舞与动力。

组稿虽然也费了不少周折，但总体上比想象中顺利得多。当然，非常遗憾的是，一部分作者由于手头书稿版权等原因，未能加盟到这个书系。

组稿只是我们工作的一部分，更为具体、更为烦琐的，是审稿事务，它出乎意料的繁重，也占据了我们比预想的多得多的时间和精力。偶尔，我们也有点儿想放弃了，但是，想着这是一件功德无量的事，又兀自笑笑，继续埋头苦干。在这个过程中，感谢师友们对我们工作的配合、理解、支持与信任。

静下心来，切实感受审读、编辑工作的价值和意义。

书系里，名家荟萃，佳作如林。有的，曾代表过一种新的创作范式；有的，曾开启过一种创作方向；有的，对某一题材开掘出更深更独特的思想；有的，有引领某类题材与风格的新面貌；等等。毫不夸张地说，散文多角度多样式的表达，在这个书系里应有尽有，全景式、全方位地呈现出中国散文几十年的创作成果，是当代散文创作的一个缩影。

总体上，无论是题材、创作方法，还是思想容量，此书系都呈现了散文广阔的视野,让我们感受到散文天地的无垠无际。

具体来说,以下几个特点特别明显:

一、作者队伍可谓老中青完美结合。入选作者的年龄跨度最大达半个多世纪,上有鲐背之年的高龄名将,他们文学生命之树长青,宝刀不老,象征着老一辈散文家依然苍翠的文学生命力;最年轻的三十出头,他们雏凤声高,彰显散文创作的新生力量蓬勃兴旺的景象;一大批中壮年作家,是当代散文创作领域里当之无愧的中坚基石,他们的创作正处于繁花似锦的鼎盛时期,实力毕现。

二、题材多元多样,内容丰富多彩。书系中,既有涉及上下五千年历史的洒脱智慧的历史文化散文,又有让人惊艳的初次涉猎的新颖、独特题材。有人写亲情,有人写风景。有些人写自己的童年,让我们看到其成长时代;有些人写一个城市或一条河流的前世今生;有些人写自己对故乡的记忆,从更有新意的视角表现这个时代的巨变;有些人集中了自己几十年的写作精品,让我们看到他们的创作道路上的足迹;有些人专注于一个主题,开掘深挖,独具魅力;有些人关注时代、关注身边的人和事;有些人剖析自己的内心情感……总之,反映中华传统文化、红色文化和当代自然文学精粹的作品,在此书系里比比皆是,或温暖动人,或鼓舞人心。

三、风格百花齐放,个性特点鲜明。几十部作品,有的侧重写实,有的侧重抒情,有的注重开掘思想,有的追求内容唯美,有的描写细致入微,有的叙述天马行空……表现方式千姿百态。但无论哪种风格,无论如何表达,皆个性鲜明,情感饱满,呈现出思想性、艺术性、可读性兼备的特质,读者可以从中获得不同程度的启发,感受到散文的魅力。

四、女性作者跳出了人们对"女性散文"固有的观念。书系中占有一定比例的女性作者,她们的作品虽然仍保留细腻敏感的特色,但大都呈现出大气开阔、通透有力的格局。她们温柔而现代的行文表达,对读者来说有着更为别致的情感体验和人生借鉴意义。

总之，这个书系，将是我们打造阅读品牌的开端。如果你愿意静下心来阅读，你一定会有所收获。

习近平总书记在文艺工作座谈会上讲话时指出："优秀文艺作品反映着一个国家、一个民族的文化创造能力和水平。吸引、引导、启迪人们必须有好的作品，推动中华文化走出去也必须有好的作品。"我们希望，这个书系能成为读者眼里"正能量、有感染力，能够温润心灵、启迪心智，传得开、留得下，为人民群众所喜爱"的"优秀作品"。

在此，特别感谢沈俊峰、陈晨两位搭档的通力协作，我的编辑朋友梁芳、胡玉枝的倾力相助，以及世图文轩、成都地图出版社上上下下推进此书系出版的所有领导与师友的大力支持和耐心细致的工作。他们让我感受到了团队的力量。同时，也特别感谢出版方将我和我的搭档的作品纳入此书系，我们把此举视为对我们的"嘉奖"。

上述文字，不敢称"序"，不敢称"前言"，甚至不敢称"出版说明"，仅表达此书系的缘起和一些组稿、审读的感受，也许过于肤浅，还望广大作者、读者海涵。

《中国当代文学名家精品集》主编

目录

辑一　奇木奇果

蒜头果 / 3
金丝楠 / 7
黔之刺梨 / 11
秦岭拐枣 / 14
文冠果 / 19
八月炸 / 31
猕猴桃 / 35
蓝莓谷 / 40
芒果　芒果 / 43
狼牙蜜 / 47
西红柿 / 52
水杉王 / 58
漆与漆人 / 66
构树之诟 / 72

辑二　生态故事

秦岭抱南北 / 79

大麻哈鱼 / 92

大兴安岭笔记 / 105

箭毒木 / 116

网网网 / 124

万掌山木屋 / 130

辑三　人物素描

醒来的森林 / 137

梭罗的意义 / 140

屠格涅夫 / 144

戈尔 / 148

理由时代 / 151

兵团新农人 / 155

孔子的泗水 / 172

苏东坡的竹 / 189

辑一 奇木奇果

蒜　头　果

怎么说呢？蒜头果不是蒜头结的果，而是结的果子像蒜头的一种植物。

蒜头果，在植物学上，独属独种，没有兄弟，没有姐妹。它仅生长在滇东和桂西某些海拔五百米至一千七百米的石灰岩山地中。云南省广南县旧莫乡是目前地球上蒜头果分布和保有量最多的一个乡镇。

至今，除了中国滇东和桂西某些山区，地球上其他国家和地区未见有蒜头果分布。蒜头果，堪称植物中的"大熊猫"啊！至于具体数字嘛，还是保密吧。因为蒜头果是国家二级保护植物。据说，一些蓝眼睛和黄头发的植物大盗，披着各种仁慈的外衣，以各种甜蜜的借口，不断来这一带走动，其用心不在山水，而是在打蒜头果的主意呢。

《神农本草经》里没有蒜头果，《本草纲目》里没有蒜头果，《农政全书》里没有蒜头果，看来，蒜头果一直在深山中，静静生长，无人理睬。直至1972年，人民出版社出版的《云南植物志》首次进行了这样的表述："蒜头果，别名山桐果。"1985年，《云南日报》发表了《价值万金的蒜头果》新闻报道，蒜头果才开始引起植物学家的注意。

许多人并不认识蒜头果。蒜头果木材属于硬木，暗红色，硬度强，不翘，不裂，不折，有自己的个性。

早年，广南民间不知道蒜头果的珍贵，就常用蒜头果木头盖猪圈。

因为蒜头果木质坚硬，猪嘴巴用力拱，也拱不坏。当然，也常用蒜头果木头做床，结实耐用。

蒜头果具有较高的经济价值和生态价值。据专家讲，蒜头果是含神经酸最高的植物。神经酸是什么？最初，神经酸是在鲸鱼大脑中发现的一种物质，它能修复被损伤的大脑神经，还能改善和促进微循环系统活性，有助于神经细胞生长和发育。具体说，神经酸能防止记忆减退、癫痫、抑郁、焦虑、失眠、脑瘫、大脑缺血等症状，增强免疫功能和提升高密度脂蛋白。专家研究发现，人体自身不能生成神经酸，只能从外界摄入。于是，科学家们就寻找含有神经酸的动物与植物。终于找到了——植物中，文冠果榨出的油里含有神经酸，元宝枫榨出的油里也含有神经酸。然而，比较数据显示，含神经酸最高的植物还是蒜头果——独占鳌头，没有并列。

为了认识和了解蒜头果，2019年深秋的一天，我来到广南县旧莫乡安勒村。安勒村后山上生长着一片蒜头果林，面积若干亩。若干年前，县政府专门颁布了法令，把此地划定成蒜头果保护小区。

一条山路蜿蜒曲折地通往后山。我们两眼盯着路面，驱动双腿，小心谨慎地行进着，路上时不时遭遇牛屎，有的还冒着热气呢。偶尔，旁边树丛会簌簌地晃动，叮叮当当的牛铃声传来，却不见牛。

我开玩笑说："你们这里的牛，一定比别处的牛牛啊！"

县长问："何以见得？"

我说："此处的牛有蒜头果吃啊！"

县长说："可不敢，蒜头果榨出的油贵比黄金，我们哪敢喂牛啊！"

闻之，一行人都笑了。

我们翻山越岭，气喘吁吁。迎面出现一块宣传牌，立在两棵大树中间。县长说："到了，前面就是蒜头果小区了。"

我擦着额头的汗，驻足端详，只见宣传牌上画着保护小区范围图，经度多少，纬度多少，还标注了坐标点的位置。图旁边是文字说明，写着什么是蒜头果，大树多少棵，幼树多少棵。

最后是一行很严厉的话："保护小区内禁止乱砍乱伐，禁止偷盗种子，禁止毁林开荒，禁止纵火，违者必究！"

目光从宣传牌移开，投向四周。保护小区似乎有隐隐约约的栅栏围着。说是栅栏，其实就是东倒西歪的几根木棍象征性圈一下罢了。

县长手指树林里挂着小牌子的树说："喏，那就是蒜头果。"

"哎，树干、树叶都像香樟树呢。"

"对，很容易跟香樟混淆。"

我走到一棵较粗的蒜头果树下，用力拍了拍树干，发出梆梆梆的响声。我侧耳贴在树干上，继续拍，梆梆梆！低头仔细观察，蒜头果的根都扎进裸岩石缝里了，多为单株生长。树下伴生的植物有水冬瓜、箭竹，还有一些叫不出名字的杂灌木。落叶和腐殖层上有散落的果实，弯腰捡起几枚，观之，状如板栗果。剥掉外面毛皮，里面的内果才像蒜头，看起来憨态饱满。

农历九月下旬，蒜头果成熟。在长期实践中，安勒村人积累了一套用蒜头果榨油的经验。先将果实脱皮，籽粒装进竹篓中，浸泡于山间河流，反复冲刷，洗去籽粒表皮的黄白色的粉层，然后，将籽粒倒进石臼里用木槌捣碎，置于竹席晾晒数天。此过程谓之"露"。"露"后的籽粒水汽大大减少，干爽的籽粒再经过炒、蒸的程序，就可榨油了。

县长告诉我，蒜头果籽粒含油量高达百分之六十五，民间木榨法头一次只能榨出百分之三十的油。因此，往往初榨后，再将油渣置于竹席"露"数日，然后上锅炒热再榨。如此，反复三次，所含之油尽可榨出了。

蒜头果之所以珍贵稀有，除了自然分布区域狭窄以外，还有一个重要原因，就是它长期以来不能人工种植。2004 年之前，人工繁育没有一例成功，均是不明原因的失败。红土壤不行，黑土壤不行，黄土壤不行；土壤太酸不行，土壤太碱不行，腐殖土过多也不行，到底什么土壤行呢？科研人员经过十年的努力，意外地用河沙层积催芽法，终于繁育成功。原来，它喜欢河沙沉静稳重的性格，喜欢它微碱微酸的小脾气啊！

——欢呼雀跃呀！激动不已呀！

然而，能繁育出小苗，却并不意味着小苗移植造林就行。广南头一批育出的十万棵两年生的小苗，移植后迟迟不发芽。科研人员以为是假死，切片研究后发现，不，不是假死，是真死呀。结果，那移植的十万棵小苗全成了干柴。

如今，随着科研难题一个个被破解，在广南的山岭上我们终于可以看到一片片蒜头果人工林了。长势昂扬，苗壮而蓬勃。

是的，蒜头果，这种奇异的植物，在静静的生长中，寄托着广南人的希望和未来。

金 丝 楠

鄂地竹溪，乃著名楠木之乡也。

从地图上看，竹溪处于中国版图雄鸡的心脏位置。这里是汉江最大支流堵河的源头。江也好，河也罢，往往是"通"则"流"也。而竹溪的河，偏偏反着取名——堵。有意思吧。

为了寻访退耕还林楠木种植情况，我专程来到此地。

余凯告诉我："竹溪退耕还林之所以种植了一些楠木，主要考虑楠木是中国特有树种，具有重要的经济价值和文化价值。此外，野生楠木资源越来越少，处于濒危状态了。作为楠木之乡，通过退耕还林来拯救这一物种，增加楠木资源存量，既是责任，也是使命。"

余凯曾担任过县文化局局长，对楠木文化颇有研究。在竹溪的两天时间里，我们谈的是楠木，看的是楠木。

楠木是一种极品木材，自古有"水不能浸，蚁不能穴"之说。楠木生长缓慢，是真正的大器晚成之木——长成栋梁之材，至少需要两百年以上的时间。楠木有五大特性：一曰耐腐，埋在地里可以几千年不腐烂；二曰防虫，它散发一种幽香，其香气介于"有"与"无"之间，经久不衰，这种香气能驱虫避害；三曰不凉，冬天触之温手，坐之温臀；四曰不裂，其性中和，少有脾气；五曰纹美，纹理温润柔和，细密瑰丽。正是基于这五大特性，故楠木被誉为群木之长。

楠木至美者为金丝楠木。金丝楠木的"金丝"不是生来就有的，而是"美成在久"的产物——楠木中的桢楠长到一定年头，木质内才会含有"金丝"。如何判断一株楠木是否为金丝楠木呢？余凯说，大体有三个要素可以成为判断的依据。哪三个呢？第一，看树干有没有虎皮斑；第二，折树枝看是否流出蓝色树液；第三，看切面是否有"红心"。如果虎皮斑、蓝树液和"红心"三种情况都存在，基本就可以判断是金丝楠木了。正常情况下，"金丝"是看不见的，只有在光照下，金丝楠木会折射出丝丝金光，若隐若现。纹理或像水波，或似云朵，或如锦缎，或若虎皮，烁烁奇妙。

金丝楠木，有一种至尊至美的高贵气质，不喧不噪，安静沉稳，盖世独一，被称为"皇木"。

在中国建筑中，金丝楠木一直被视为最理想、最珍贵、最高级的建筑用材，在宫殿苑囿、坛庙陵墓中广泛应用。北京故宫和承德避暑山庄等现存完好的古建筑多为金丝楠木构筑，如文渊阁、乐寿堂、太和殿、澹泊敬诚殿等都是用金丝楠木做四梁八柱，并常与紫檀配合使用。

北京通州张家湾，是皇家专门存放金丝楠木之地。至今，那里还有皇木厂的地名。为何金丝楠木存放在这里呢？当然是有原因的了。在通惠河凿通之前，张家湾是明代大运河北段最重要的码头。也就是说，那时的金丝楠木，都是通过大运河上的船只或者放排运过来的。

明代宫廷建筑用材，曾从竹溪伐取大量楠木。

北京故宫午门和永寿宫等处使用的梁柱，就是产自竹溪的金丝楠木。在竹溪，我被一片颇具原始意味的金丝楠木群惊呆了——远看，蓊蓊郁郁，聚气巢云，遮天蔽日；近观，如银元般大小的虎皮斑，包裹树干，层层叠叠，直插云端。遒劲的树根若巨龙脚爪，在石缝中若隐若现。这是新洲镇烂泥湾村的一片金丝楠木古树群，结构完整，疏密有致，林相巨美。数一数，共有一百九十六株，树高十五米至四十米不等，占地面积八亩左右。

"树龄有多少年了？"我指着一株最粗的金丝楠木问。

李善平回答："我们专门请专家测定过，树龄超过六百五十年了。"

李善平告诉我，烂泥湾村民视金丝楠木群为村中之宝，自觉加以保护。村规民约中明令禁止任何人采伐和损坏楠木。村民还自发成立了一支护林队，日夜守护着这片金丝楠木林。数百年来，未曾发生一起盗伐案，此片金丝楠木林未受到任何伤害。近年，不断有富豪出高价购买这片金丝楠木林，均遭到断然拒绝。

历史上，竹溪河两岸就分布着楠木丛生的森林群落。山下不远处有一处古宅大院叫王家大院，是清代富商王三盛所建。整个建筑坐北朝南，占地一百余亩。大院呈"王"字形，建筑结构同式三幢并列，一进八重四十八个天井，一千余间房间。够气派吧！兴建大院自然要耗用大量木材，居室四梁八柱和门窗户扇，均为连环雕花，处处用的都是良材美干。但不知什么原因，王三盛并没有动过采伐这里金丝楠木的念头。依他的实力，在那个年代，他如果采伐那片金丝楠木的话，应该不是问题。但是，他却没有采伐。

明清时期，皇家有专门采办金丝楠木的官衙。官员采办金丝楠木的数量是作为业绩进行考核的。多者，即可得到晋升。金丝楠木，是与官员政治仕途紧紧联系在一起的。

然而，自然界的金丝楠木都生长在"穷崖绝壑，人迹罕至之地"。伐木者往往入山一百，出山五十。金丝楠木是用性命换来的呀！运输也不易。"斧斤伐之，凡几转历，而后可达水次，又溯江万里而后达京师，水陆转运数月难计。"

明朝嘉靖年间，故宫修缮。光化知县廖希夔奉旨遍寻金丝楠木，不得。就在他万分沮丧，不知如何交差时，有人告诉他，慈孝沟有楠木。慈孝沟在竹溪河上游。廖希夔闻讯大喜，须臾不敢急慢，便带人急急赶往慈孝沟。然而，此沟幽深险峻，人迹罕至。廖知县历尽艰辛，方进此沟，终于采得金丝楠木，其兴奋程度可想而知。廖知县写了一首诗，记录了当时的情形。

采采皇木，入此幽谷，求之不得，于此踯躅。
采采皇木，求之既得，奉之如玉。
木既得矣，材既美矣，皇堂成矣，皇图筑矣。

廖知县命人把那首诗刻在崖壁上。数百年过去了，虽历经岁月和风雨的剥蚀，也有荆棘杂草覆盖遮掩，但至今仍清晰可辨。

字，直径三寸，字面占崖壁平面近一平方米。

历史总有些悬疑令我们难以理解。当年，廖希夔找寻金丝楠木几乎转遍了竹溪河两岸，却不知什么原因，生生漏掉了烂泥湾。也许，一听烂泥湾这个名字，就没了兴致，也就疏忽了吧。然而，在烂泥湾却藏着如此大一片金丝楠木。幸亏未来此地，否则，那些金丝楠木的命运就难说了。

二十年来，通过退耕还林，竹溪楠木资源得到刚性增加。面积和株数有多少呢？还是暂且保密吧。因为，楠木的价格，特别是老的金丝楠木的价格比黄金还贵呀！只能透露一点点吧——光是一个叫马家沟的山谷里就种植了楠木四百五十亩，每年繁育楠木苗木二十万株。啧啧啧，这可不是杨树、柳树、槐树呀！难怪竹溪人有足够的自信和底气称自己中国楠木第一县呢。

黔之刺梨

刺梨长相粗鄙古怪，是植物中的刺猬吧。

黔地，刺梨陡然长满山坡、沟谷。若干年的刺梨长在一起，高矮错落有致，新枝老枝叠加，逻辑分明有序。然而，刺梨树的个体都很任性，每一棵都长得歪歪扭扭，自由随意。每一束枝似乎都在乱长，每一根杈似乎都在胡伸。地下的根是密密麻麻的，长根钩着短根，粗根钩着细根，短根钩着粗根，细根钩着长根，根与根钩连着，织成一张巨大的网。这张网网住了地下的土，地下的虫，地下的水；这张网网住了清晨的露珠，跳跃的鸟鸣，夜晚的星星。

刺梨，又名木梨子、山王果、刺莓果、刺菠萝、缫丝花、送春归。蔷薇科，蔷薇属，为落叶小灌木，因果形似梨且表面密生小肉刺，俗称刺梨。刺梨不是带刺的鸭梨，不是带刺的雪花梨，不是带刺的库尔勒香梨。刺梨就是刺梨。

清代《黔书》是这样描述刺梨的："实如安石榴而较小，味甘而微酸，食之可以解闷，可消滞；渍汁煎之以蜜，可作膏，正不减于梨楂也。"刘善述《本草便方二亭集》曰："刺梨甘酸涩止痢，根治牙痛崩带易，红花甘平泄痢止，叶疗疥金疮痫。"看来，刺梨真是个好东西。

刺梨树的叶子是葱绿色的，新叶和嫩芽是浅绿色的，看上去一片生机盎然。当然，刺梨花必须说了，4至6月开粉红色、红色或深红色的花，花瓣一般五瓣，花蕊是黄色的。花季，从山脚到山顶，从沟边到天边，刺梨花开得像梦一样。好美。

刺梨树喜欢丛生，一棵树望着另一棵树，才踏实，安稳，自信，有底气。刺梨与刺梨相拥相簇着，当老枝眼看要黄时，却又有了青的意思了。枝条上也长着密密的小刺，小刺是深褐色的。看刺梨的枝条便知，一个季节完结的时候，另一个季节却又开始了。

吃刺梨需要耐心，要等。刺梨植苗后至少要等上五年时间，才能进入盛果期。当然，三年也有挂果的，但黔人怕树累伤，就干脆把花疏掉了。这叫憋性。让它攒劲儿，到了那个火候，才准它敞开结果。这是黔地朋友陈石告诉我的。陈石从小吃刺梨长大，性格也如刺梨，幽默有趣。

清道光年间，一个叫吴嵩梁的人在黔地做官，估计对自己做官的地方很是满意，原因就在于此地有刺梨。他写道："新酿刺梨邀一醉，饱与香稻愧三年。"瞧瞧，吃三年稻米不抵喝一次刺梨酒痛快、尽兴。或许，就是这个意思吧。

刺梨每年9月成熟，满山满岭金黄一片。刺梨果实多为扁圆球形，金黄色，间或略带红晕。一副顽童做事做错了害羞的样子。刺梨的维生素C含量极高，还没有什么水果能超过它。其维生素含量是苹果的五百倍，是柑橘的五十倍，是猕猴桃的十倍，具有"维生素C之王"的美称。刺梨果鲜食居多，也制成果脯、果干，也可以浸酒。刺梨酒芳香醇厚，晶莹剔透，据说长期饮用可防治痛风，清肺润脾。据刺梨专家陈梅介绍，刺梨的抗性极强，抗衰老，抗过敏，防癌症。她说，刺梨还有治疗坏血病和排铅的作用，也有治疗口腔炎症和脚气病的功效。有道是："刺梨上市，太医无事。"

吃刺梨要先去掉小刺。怎么去掉呢？可把几个刺梨攥在手里揉搓，也可放进器具里揉搓，借用个体与个体之间的摩擦力除掉小刺，然后用清水冲洗一下，就可以吃了。当然，这是文雅的吃法了，事实上，当地人根本不用除刺，吹一吹，就吃了。吹什么呢？我问陈石，陈石说他也不知道，先人就是这么吹的，就沿袭下来了。头一次吃刺梨，有一种涩涩的感觉，就像舌尖触电一样，令人龇牙咧嘴。涩涩的感觉一过，就是微微的酸和丝丝的甜了。刺梨的果肉爽脆，不过，果肉里面的籽儿像石榴籽一样硬，是要抠出去的，不然会硌牙。当然，不怕硌牙的话，也可以不抠。

临别黔地时，黔地另一位朋友唐军给我出了道布依族谜语：

一个金罐罐，装着硬饭饭。
不吃硬饭饭，要吃金罐罐。

我笑了。还用猜吗？说的就是刺梨嘛！

秦岭拐枣

在陕南秦岭山区，我认识了一种有趣的植物——拐枣。

拐枣的形状颇有幽默的意味。据说，其憨态有万德圆满之意。在退耕还林工程中，旬阳把拐枣作为主栽树种，大力发展拐枣产业。全县（现为县级市）在退耕还林地块上，种植拐枣面积已达三十七万亩，其中，挂果面积已有六万亩，鲜拐枣产量六万吨，实现产值近两亿元。旬阳县县长跟我说："一棵拐枣就是一棵摇钱树。旬阳发展拐枣的目标是——每人种植一百棵。"

可是，旬阳有多少人口呢？我却忘记问了。

旬阳的耕地，主要分布于秦岭山区和汉江河谷地区。耕地分为三种：水田、旱地、望天田。

何谓望天田呢？

望天田是当地叫法，其实，就是山顶上森林里"开天窗"的水田。靠雨水种稻禾（与重庆合川等地的"雷鸣田"类似）。水干了，田就荒了。望天田，土层薄，耕作层浅，由于反复耕种，致使土壤养分严重缺乏。又由于坡度大，水土流失甚为严重。

旬阳的望天田，通过退耕还林全部种上了树，而树又以拐枣居多。如今，旬阳无可争议地成为了"拐枣之乡"。

"南山有枸"，枸即枳椇，南山谓之秦岭。拐枣学名唤作枳椇，是秦岭山区的特产。

可以肯定，司马迁对拐枣也颇为喜欢。在惜字如金的《史记》中，他生生用了十二个字来讲述一个故事——"独蜀出枸酱，多持窃出市夜郎"。枸者，拐枣也。枸酱，即拐枣酱也。翻译一下，就是独有蜀郡出拐枣食品，很多商人冒着风险，偷偷把拐枣食品走私到夜郎国销售，从而获取高利。

那时，枸酱属于紧俏商品，一概不得出境的。然而，司马迁吃没吃过枸酱，就不得而知了。

旬阳民间，造"枸酱"之法很简单——将拐枣洗净，装入陶罐里，布封其口，再加厚泥糊上。将陶罐置于阴凉处，等果浆自然发酵，果子里的单宁转化为糖。时间会让水分慢慢蒸发，果汁渐渐浓稠化为糖浆，色如琥珀，甚美。历经两个寒暑，当甜香之气弥漫陶罐四周，扑鼻诱人的时候，就可以除去封口的泥，开盖食用了。

拐枣除可以制作枸酱外，还可以鲜食、酿酒、制醋、制糖，也可作香槟、汽酒、汽水。旬阳县有一家企业，专门从事拐枣种植和系列产品深度开发。其加工生产的拐枣酒、醋和饮料深受消费者喜爱。近年，用拐枣加工的罐头、蜜饯、果脯、果干等食品，也在市场上走俏。在旬阳期间，我们到这家企业进行了采访。

总经理吴群军介绍说，旬阳是拐枣大县，拐枣资源总量占全国八成。旬阳拐枣有红拐枣、绿拐枣、胖娃娃拐枣和白拐枣。拐枣有极高的药用价值，其果实、叶子、果梗、种子和根均可入药。拐枣富含硒、铁、钙、铜、磷等元素和一些生物碱。

吴群军从小就喜欢吃拐枣，能讲出很多自己与拐枣的故事。可惜，我来旬阳的时间仓促，没有静下来听他好好讲一讲，不无遗憾。

拐枣是乡下懒人的挚友，因为拐枣树也叫懒汉树，意思是只要种下去，就不用操心了，坐等收获果实就是了。这样的树，懒人能不喜欢吗？

拐枣销路极好，韩国和日本客商更是长期盯着这东西，有些乡镇的拐枣果实未及下树，就被他们订购了。吴群军说，有六个韩国人长期住在旬阳，每到拐枣成熟季节，就敞开收购。只要拐枣品质好，似乎对价格也并不怎么计较。他们为什么这么喜欢拐枣呢？一定有他们的原因。

古语云："枳句来巢。"什么意思呢？意思是说，拐枣味甘，故飞鸟慕而巢之。喜鹊也嗜食拐枣。为了取食方便，喜鹊干脆把巢筑在拐枣树上。喳喳喳，它在树枝间跳跃着，一边取食，一边叫个不停。喜鹊的叫声，引来了探头探脑的果子狸。它嗖嗖爬上拐枣树，把风疏忽了的最后一串拐枣摘走了。

《陕西通志》是这样描述拐枣的："南山（秦岭）有万寿果，叶如楸，实稍细于箸头，两头横拐，一名拐枣。紫红色，九月成熟，盖枳棋也。"

拐枣，果实粗鄙，无色泽，不光艳，而是棕灰色，像弯弯曲曲的棒状物。不认识它的人，绝对想不到它可以吃，甚至会嘲笑吃它的人。可是，当你将它放进嘴里慢慢咀嚼的时候，才会发现它居然是那么好吃——味如枣，胜过枣；甜似蜜，胜似蜜；醇香甘美。

事实上，食用拐枣并非食用它的果实，而是果梗。它的果实在果梗的先端，如豌豆粒般大小，坚硬而干燥，实在其貌不扬——这就是拐枣的智慧所在。它的种子藏在果实里，剥开可见，每个果实有三个小室，每一室里镶嵌着一粒种子。

拐枣的功能实在神奇。《本草拾遗》记载："味甘，性平，无毒，止渴除烦，止呕，利大小便，功同蜂蜜。"《黔南本草》曰："解酒毒，去酒烦。"拐枣不仅能解酒，还可以败酒。据说，旧时，旬阳有一家酒铺造新房，用拐枣木做四梁八柱。结果，房子造好后，酒坛里的酒都成了水——拐枣使了暗功呢！

拐枣木，属于硬木，纹理疏密有致，呈暗红色，可做乐器、木匣等工艺品。然而，切记，拐枣木绝不可以做装酒的木桶，否则，装进去的是酒，倒出来的是什么就很难说了。

拐枣适生性强，抗旱、耐寒、耐瘠薄、喜阳光，沟边、渠畔、路旁、山坡上都可以种。一般三年后挂果，十年后进入盛果期。一株树可产果六十斤。二十年树龄的，可产果四百斤。拐枣的盛果期长，可至五十年，甚至更长。每当深秋，拐枣成熟之时，挨过霜降，只要用力摇摇树，拐枣就像雨一样落下来。

陪同我的陈扬斌猛地一下想起什么，他一拍脑门说："哎，差点忘了，神河镇还有一株拐枣古树呢，不妨去看看？"我说："好呀！"于是，我们驱车来到神河镇王义沟村。

我们远远就看到了那株古树。蓊蓊郁郁，聚气巢云。古树生长在一户农家院子里，有些苍古之气。古树上挂着两个牌子，一上一下。上为红牌，牌子上的字："拐枣古树03号"；下为白牌，牌子上的字："古树名木保护牌：拐枣，编号：412，别名：万寿果"。细观之，两个牌子都没标明古树树龄。这绝不是有意疏忽吧？问陈扬斌，答曰，挂牌子时还没有测定出树龄。他说，前不久，专家已经测定出树龄了。我问几多，陈扬斌说，至少有一千年了。他说，至今古树仍年年结果不歇。仅去年就产果六百斤。

我们在那株古树下拍了一些照片。想跟户主聊聊，被告知，户主不在家，去田里收麦子了，晚上才能回来。不无遗憾，我们便意犹未尽地离开了。

山路七拐八拐，把我们引向一片拐枣林。

在那片拐枣林里，我们遇到了放蜂人朱忠亮。这里原来种的是苞米，由于是坡地，一下雨庄稼就被冲得稀里哗啦，到秋天收不了多少粮食。后来村里实施退耕还林，朱忠亮就把这块地种上了拐枣。近二十年过去了，当初种的拐枣树都长成了大树。

拐枣是蜜源树种，拐枣蜜品质极好。

我数了数，拐枣林里，放置的蜂箱有几十个。每个蜂箱都被四根木棍托起来，离地面有一巴掌那么高，悬空着。远看，蜂箱就像飘在地面上。

我指了指蜂箱问："这样放，有什么讲究吗？"

朱忠亮瞥了一眼蜂箱，说："没什么特别的讲究，这是为了防潮。"

"哦。"

嗡嗡嗡——蜜蜂在我们身边飞舞。我用手捂面，唯恐被蜜蜂蜇了。朱忠亮说："莫慌张，蜜蜂不会随便蜇人的。"他说，"拐枣蜜是顶呱呱的蜜。能降血压，能醒目安神。"我低头时才注意到，朱忠亮穿的是一双草鞋。

我问："是自己打的吗？"

他说："是的。"

我说："好手艺呀！"

"如今的乡下，会打草鞋的人不多了。"他说，"穿草鞋舒服。习惯了。"

村主任说："这个老朱，家里有这么一大片拐枣林，还养二三十箱蜜蜂，年年收入几十万元，家里盖了新房，有摩托车，也有小轿车，早是村里小康户了，可就是喜欢穿草鞋。唉，拿他没办法。"

我们都笑了。

文 冠 果

　　文冠果，一度得宠，举国种之。也一度失宠，被连根刨掉。如今，它回归到了常态，稳健平静，并且以至尊的气度和坚韧的精神，在这片土地上生生不息。

——题记

一

　　该有一把年纪了吧——那棵古树虬枝错落，怪影参差。远看，若赤脚老龙盘踞树干；近观，又似黑鳞巨蟒翘首云端。有道是，谁将黑墨洒树梢，疑似群鸦落树顶。用施耐庵的语言描述那棵树也许最准确了。冷风嗖嗖地割着面，刘书田禁不住缩了缩脖子，然后弯腰用镐头刨出地里的半截白萝卜，扔进筐里。他直起腰，觑了一眼那棵古树，把镐头戳在墙角。

　　刘段寨被彻底遗忘了。如果不是那棵古树，没人会把刘段寨当回事的。因为，它不过是华北大平原上的一个点儿，没有轰动一时的新闻发生。经过的人，不会留意。不经过的人，就更不会留意了。

　　刘段寨有一百一十九户人家，四百九十五口人。其他活物，诸如鸡鸭猪狗驴马牛羊之类，没人数过，估计要比人口多得多。地呢，九百七十七亩，种啥长啥。啥也不种，就长草。疯长。虽说地不算活物，但所有活物都是从地里生长出来的呢。

树，也是地里长出的活物。村民刘书田家那棵古树，树龄超过二百年了。此树年年开花，年年结果。刘书田不知其为何树，刘书田问爸爸，爸爸摇摇头。问爷爷，当时一脸皱纹，眼皮耷拉。一张嘴巴就只剩下一颗牙齿的爷爷正在眯眼看树上一只鸟，爷爷呜噜了一句，刘书田却没听清。刘书田的爷爷活了八十三岁，临咽气前指了指那棵树，呜噜呜噜又说了几句，可是刘书田还是没听清楚。或许，不是刘书田没听清楚，而是爷爷压根儿就说不清楚呢。

后来，县里招商引资，刘书田打死都不会想到这事会跟土里刨食的自己搭上什么关系。随着一个叫李高英的老板落户刘段寨村西，刘书田和那棵古树的命运也就彻底改变了。

李高英是一位专门从事文冠果种植的企业家，生产经营的"华耀"文冠果油和文冠果茶，近年在中国北方广大地区声名鹊起。李高英的文冠果种植基地——润升生态园离刘书田家仅仅九百米。刘书田到李高英的润升生态园打工时才知晓，自己家的那棵古树叫文冠果。因为润升生态园里种的那些树，开的花，结的果，跟他家里那棵一模一样。

县林业局来专家鉴定，果然是文冠果。

之前，刘书田家的厨房排烟口正对着那棵古树，长年累月把树干熏得乌黑乌黑的。专家建议，对此树要采取保护措施，厨房排烟口要移走，树体要用木栅栏围起来，要定期给它施肥浇水。刘书田瞪大眼睛听得仔细，日后对这棵古树照料得也格外仔细。

老房子破败了，还可以重修，可这棵古树要是没了，却是无法复制的。事实上，对这棵古树，李高英比刘书田还上心。他隔三差五就过来看看，也不言语。心里想什么呢？无人知。

二

一个初冬的早晨，我去看了那棵古树。

村路，七拐八拐，把我们懵懵懂懂地引向了刘书田家，引向了那棵树。那棵树的树干表皮坚硬无比，如钢赛铁。树干并不通直，先左旋后右旋，然后左右摇摆着向上，再分成三个杈子，一个杈子向着东南，一个杈子向着东北，一个杈子向着西南，在空中的某个部位又收拢了，聚集在一起，然后又各自随意地抛出弧线。黑色的已经炸裂了的果子挂在树梢，在瑟瑟的风中，显得有些冷清。其中一段侧枝已经干枯了，一只僵死的蝉趴在上面，与时间融为一体了。

此树谁人栽？据说，刘大观也。当然，尚须进一步考证。刘大观何人？清代诗人、学者，曾任山西布政使，兼任晋、陕、豫三省盐务官。刘大观的出生地距此十公里，谓之邱北镇。刘大观告老后，客居济源，纂修《济源县志》。他相当于县志主编吧。

刘大观一生敬仰段干木。段干木又是谁？段干木是战国著名贤士，才华横溢，但却一生不为官。段干木出生于安邑（今山西夏县西北），但他的故里（老家，祖籍）是今天的河北邱县刘段寨。此说确凿是有物证的。据县志记载，清乾隆年间，在郝段寨（后又分出刘段寨）一座废弃寺庙的东墙里发现了一块碑，碑上刻着五个字：段干木故里。

当时，段干木的许多同窗都出任了魏国的高官，只有他是个闲人。魏文侯的弟弟魏成子极力向魏文侯推举段干木做宰相。魏文侯月夜登门拜访，段干木遵从"不为臣不见诸侯"的古训，越墙逃跑，避之。

魏文侯求贤若渴，每过段干木家门，扶轼致敬，以示其诚。终于魏文侯的举动感动了段干木，后得以相见。二人彻夜长谈，"立倦而不敢息"，所谈均为国家大政方略。其间，车夫不解，问其故，魏文侯说：

"我富于势，干木富于义。"成语"干木富义"，即源于此。后来，秦国欲伐魏国，出兵至阳狐。有人劝秦王说："魏君礼贤下士，有段干木辅佐朝政，国人上下团结一致，万万不可轻举妄动。"秦王遂停止对魏国用兵。魏文侯在位约五十年，首霸中原，开创了历史上辉煌的时代，这与段干木的辅佐有很大关系。段干木原是驴马交易市场上的掮客，后求学拜师于子夏。子夏是谁？孔子的学生，也就是说段干木是孔子的再传弟子。或许，在"学而优则仕"的中国传统文化中，段干木是一个另类了。

刘大观从段干木的出生地移植来一棵文冠果栽于此地，一定是另有原因，别具深意的。或者是惺惺相惜，或者是出于对传统文化中另类风景的尊重，或者是什么其他原因。

树，承载着一个人对另一个人的敬仰和怀念。

树，承载着久远年代里的故事和传说。

三

文冠果，因其果皮在欲裂未裂之时，三瓣或四瓣的外形酷似旧时文官的官帽，故而得名。

作为重要的木本油料植物，文冠果有"北方油茶"之称，为落叶小乔木或灌木，产于我国北方干旱和半干旱地区，耐严寒，耐干旱，耐瘠薄。它为深根性树种，主根深长，侧根发达。作为食用油，文冠果油的品质甚好，常温下油品清亮，淡黄色，透明，无杂质，气味芳香。

池松泉被誉为"文冠果郎中"。他有六代行医经验，医术在内蒙古草原及晋北、辽西等北方地区闻名遐迩。他炮制的多味药，劲儿猛，威力强，效果好。其中的秘密之一，就是将文冠果油的某些成分巧妙入药了。

文冠果专家乔洪志告诉我，文冠果油有降血脂、降血压的功效。他说，文冠果油是目前已知主要食用油中唯一含有神经酸的油脂。就此而言，大豆油、花生油、菜籽油、玉米油，甚至橄榄油都不能同文冠果油相比。神经酸是什么东西？我问乔洪志。他说，神经酸是能够改善血液微循环的东西，通络化栓，可消减血管内的各种栓，具有恢复神经末梢活性，促进神经细胞生长和发育功能，能预防心脑血管疾病、糖尿病等疾病的发生。还能提高记忆力，促进婴幼儿大脑发育，使其更聪明。我与乔洪志相识多年，在我印象中，他面部两侧原有一些密密麻麻的褐色斑点。我忽然注意到，褐色斑点怎么少多了呢？乔洪志说，这就是文冠果油的功效了。我笑了，说，看来神经酸真是个好东西。

20世纪70年代，五颜六色的票证是无数中国家庭的"重要财产"。票证承载着生活的风风雨雨，印记着老百姓的辛酸与无奈。买粮要粮票，买布要布票，买肉要肉票……甚至，买火柴也要票。食用油凭油票每人每月只供应四两。这点油当然是不够吃的。不够吃怎么办？买肉炼油来补充。肉也是需要凭票供应的——每人每月半斤。于是，肥膘肉成了那个年代最抢手的肉。肥膘肉以指论等级。一指膘的肉最差；二指膘的中下等；三指膘的，算是中等；四指膘的，算是好肉；一巴掌宽的肥膘肉，那才是最好的肉呢。如果谁家能买到这样的肉，全家人会兴奋很多天。

肥膘肉炼油，那感觉一个字：美。

"美"字的构成是"羊"和"大"，羊大为美。实际上，大就是肥。肥者，脂多也。脂多者，油大也。长期以来，中国人饮食以多放油为味美，以多放油为慷慨。当无油可放时，整个社会就变得相当糟糕了。

其实，食用油就是脂肪。什么东西适合榨油，什么东西不能，很大程度上取决于脂肪含量。最初的食用油都是动物油，被称为"膏"或

"脂"。中国先秦时期的手工艺著作《考工记》的注释中有："脂者，牛羊属；膏者，豕属。"也就是说，牛羊油称为脂，所以美玉得名羊脂白玉，猪油称为膏。

植物油的出现跟后来的人口增多有很大关系。北魏的《齐民要术》记录了五种油料作物：芝麻、大麻、芜菁、荏子和乌桕。宋代则增加了红蓝花、苍耳子、杏仁、桐子、油菜籽和大豆。明代的《天工开物》记载了茶子，即油茶籽"茶子每石得油一十五斤。油味似猪脂，甚美。其枯则止，可种火及毒鱼用。"石是早先的重量单位，现在很少用了。除油茶籽外，《天工开物》还增加了萝卜子、白菜子、苏麻、苋菜子、蓖麻子、冬青子和樟树子。清代又增加了向日葵和花生。而榨油的作物，用得最多的是芝麻、大豆、油菜籽和花生。

在我国北方农村，老百姓食用油主要还是猪油。猪油，民间又称"荤油""大油"。有作家写道："它是那么美味，它雪白，凝固而微微动荡。它几乎涵盖全中国，基本上是目前最主要的动物油。它穷一油之力，与品种繁多的植物油们抗衡。"中国旧式家庭中，几乎家家都有猪油罐。

猪油罐中猪油的多少，是一个家庭日子过得是否富足的标志。

我父亲是个木匠，常外出做工。临出门前，母亲总要往一个玻璃罐头瓶子里装两勺猪油，外加一瓶炒盐豆，给父亲带上。母亲说，干木匠活儿耗力气，光吃窝头啃咸菜疙瘩不行。父亲埋头整理着锛凿斧锯，不言语。

我在旁边看着那玻璃罐头瓶子里的白生生的猪油，馋涎欲滴。那时饥肠辘辘的我，只有七八岁。母亲便将猪油中的油滋了（油渣）剜出几粒，放进我的嘴里。我咂巴着嘴，啊呀呀！那实在是人间最美最美的美味啊！

说起来可笑，幼年时，我除了知道猪油是食用油外，根本不知道还有大豆油、菜籽油、花生油、芝麻油和胡麻油，更不要说茶油和文冠果油了。

事实上，食用油带有明显的地域性，产什么油吃什么油，当地土著的油料作物左右着人们的吃油习惯。东北人除了吃猪油，吃得多的便是大豆油了。大豆是一种原产于我国的农作物，全世界的大豆都是由我国直接或间接传播出去的。它在中国种了几千年，极其普遍。"闯关东"的好汉们把大豆的种子带到了关外，于是，黑土地上"遍地都是人豆高粱"。山东、河南、河北人多半吃花生油，安徽、浙江、四川、重庆、江苏人主要吃菜籽油。

湖南、江西、贵州和广西等地的人吃茶油多些，而湘、川、鄂、黔四省的交界处，是土家族、苗族、侗族等少数民族聚居区。那一带山林产品丰富，也盛产茶油。土家族、苗族、侗族人主要是吃茶油。

油是动力之源，能量之本。过有品质的生活，吃有品质的油，已经不是什么奢侈的事情了。然而，文冠果油在油品中的确处于至尊的地位，不是寻常人家顿顿可以吃的，如果说吃文冠果油是一种奢侈的话，那么健康就是最大的奢侈了。因为，食用油的问题既关乎个体生命的健康，也关乎民族未来的命运。

四

古代典籍中，对文冠果的记述多有闪烁。

我的本家李时珍，在《本草纲目》里把文冠果称文光果。云："性甘平，无毒，涸黄水与血栓。肉味如栗，益气，润五脏，安神养血生肌，久服轻健，百年不老。树枝煎熬膏药，祛风湿，强筋骨。"

清代陈淏子（字扶摇）所著《花镜》中载："文冠果，树高丈余，皮粗多砢，木理甚细，叶似榆而尖长，周围锯齿纹深，春开小白花成穗，每瓣中微凹，有细红筋贯之，子大如指顶，去皮而其仁甚清美。如每日常浇水或雨水多，则实成者多，若遇旱年，则实秕，小而无成矣。"在书中，陈淏子对文冠果的果实形态及其内部构造也作了详尽的描述，他写道："蒂下有小青托，落花结实大者如拳，实中无隔，间以白膜，仁与马槟榔无二，裹以白软皮。"

徐光启在《农政全书》中写道："文冠果生郑州南荒野间，陕西人呼为崖木瓜，树高丈余，叶似榆叶而狭小又似茱萸叶而细长。花开仿佛似藤花而色白，穗长四至五寸。结实状似枳谷而三瓣，中有子二十余颗，如皂角子。子中瓤如栗子，叶微淡，又似米面，叶甘可食。其花瓣甜，其叶微苦。"

旧时，北方寺庙院落里广植文冠果。寺庙里常用文冠果油点长明灯，以示佛光普照，神灯长明。文冠果油燃劲儿足，燃烧充分，灯光明亮，可长燃不灭。且油烟小，不熏神像，异常干净。

笃！笃！笃！寺庙里，小和尚手拿木棒敲击的木鱼，也是用文冠果木制成的。文冠果木鱼声音浑厚，不脆，不尖，不刁，不软，能抚慰内心的冲动和不安。

北方农村，老人的烟袋杆也有用文冠果木制作的。严冬季节，老人们坐在炕上，围着火盆，叼着长杆烟袋，吧唧吧唧吸上几口，在烟雾缭绕中，拉着家长里短，舒坦。

早年间，乡间用文冠果木制成木老虎玩具更是常见。一根红头绳，一端系在木老虎的脖子上，另一端系在小娃娃的腰上。据说，文冠果木老虎有驱鬼辟邪的功能。小娃娃如有头痛发烧的情况，就将小老虎放锅里用水煮，煮过的水再给小娃娃喝下去，不消两个时辰，就会退烧，头痛减轻。也许，这就是民间对文冠果药用价值的朴素认识吧。

文冠果的名字吉祥，有官运亨通的寓意。晋西北，农家喜欢把文冠果栽在窑洞的脑畔上。秋季，文冠果的果实成熟时，果子就会落下来，讨个"文官入院了""文曲星降临了"的好彩头。

在古代文官制度中，官员穿什么颜色的官袍是有规定的。依据什么呢？按照文冠果开花变色的次序穿袍，以此区分官阶的大小。《苕溪渔隐丛话》记载："贡士举院，其地栖广勇故营也，有文冠花一株，花初开白，次绿次绯次紫。"

宋代，文官着袍，等级最低的着青袍，次着绿袍，再着红袍，官阶最大的才着紫袍。可见，当时文官穿袍的等级基本是依据文冠果花色的变化而定的。

绿红紫——次序一点不能乱。

五

20世纪70年代，经林业部专家论证后，选择在干旱和半干旱条件的地区陕北志丹、辽西建平、内蒙古赤峰培育种植文冠果。此外，河北张家口地区、甘肃河西走廊、新疆石河子、山东济宁和莱芜及黑龙江西部地区也引种成功。全国文冠果种植面积最大的一片在内蒙古赤峰翁牛特旗，有十几万亩。翁牛特旗的北大庙有一棵三百年的文冠果古树，至今枝繁叶茂，每年都产果实二三十公斤。据说，这棵树最初是庙里的喇嘛种植的。赤峰的古树专家张书理曾发来那棵树的照片，我看后感慨不已。在那个年代，翁牛特旗出产的文冠果籽粒几乎全部被当作种子销往全国各地了。至20世纪70年代末，全国文冠果总面积已达七十万亩。当时，一部科教电视短片《文冠果》风靡全国。

文冠果有"千花一果"之说。什么意思呢？从生物学特性上看，文冠果虽然开花很多，但受孕的花数量却极少。因此，果实的产量也就低了。

文冠果树上结的果子很像棉桃，掰开果皮，里面全是种子，用手一捏就能挤出油来，一斤果仁能榨出六两油之多。与大豆、花生等油料比较一下就清楚了——一斤大豆能榨出二两油，一斤花生能榨出四两油。如果把果仁串在一起烧的话，一点火就会迅速燃烧起来，可见文冠果果仁所含的油实在是多。不过，西北人习惯称其为木瓜，也叫崖木瓜。文冠果不与粮食作物争地，在土地瘠薄的山区，甚至石头缝里也能顽强地生长。文冠果结果早，收益长。一般三年就挂果了，十年左右就进入盛果期，二三百年的文冠果照样结果。故此，北方老百姓称其为"铁杆庄稼"。

文冠果怎么栽培呢？通常，在立冬前，先把种子在水里浸泡一下，让种子吸收一定的水分。然后把泡过的种子和湿沙土拌在一起。挖一个一米深的坑，把与湿沙土拌好的种子放进坑里，再用湿沙土埋起来，低温培育胚芽。次年春天，把种子挖出来，让阳光照射，进行高温催芽。

几天后，文冠果就都萌发出新芽了。此时就可以播种了。一般来说，先播种育苗，然后再移栽造林。

近些年，文冠果产业为农民脱贫致富发挥了重要的助力作用。中国扶贫发展中心主任陈武明说，退耕还林助力精准扶贫，关键是要选准一个好的树种。在北方贫困地区，大力发展文冠果等木本油料是新的经济增长点，也是提高财政收入和增加农民收入的新途径。丁声俊撰文说，发展文冠果等木本油料是保障国家粮油安全，优化食用油结构的好项目，具有良好经济效益和广阔产业化发展前景。陕北佳县的朋友辛耀峰告诉我，黄河岸边的佳县将在未来五年内全力打造文冠果和油用牡丹十万亩基地，采用文冠果与牡丹套种的模式，确保"上面一桶油，下面一桶油"。我听了辛耀峰这番话颇有些兴奋！

六

李高英，1969年9月出生，属鸡，村里人都说他是木命。有人跟他开玩笑说，木命就是种树的命。他有些腼腆地摸摸自己的头发，只是笑，不言语。事实上，他已经在邯郸邱县和其他一些地方种了几千亩文冠果了。他还要到内蒙古、山西、陕西、青海、甘肃等地去种。生命不息，种树不止。

他的眼光长远——他要把刘段寨那棵文冠果古树好好保护起来，还要打造一处人文森林公园。事实上，他已经在生态园里建起一座文冠果文化展览馆，里面展出的文冠果实物、产品、图片和视频资料，几乎是应有尽有。移步观看，仿佛在时空中穿行，文冠果的前世今生，沉浮荣辱，一一在眼前得到呈现。李高英要让润升生态园和段干木故里及其文冠果文化，通过开展生态旅游活动产生更大的社会效益。

那棵文冠果古树的根，就是刘段寨的根。古树的年轮里，有乡愁，有记忆，有故事。因之文冠果古树，因之段干木，刘段寨才有了底气和自信。

在文冠果古树下凝望刘段寨，就是凝望中国呀！

李高英信心满满。在中国，他的名字注定要与"文冠果"三个字连在一起了。

此君话少，你问他四五句，他答一两句。你问他一两句，他干脆就没话了。不过，可以肯定的是，他是一个有大格局、大目标、大境界的人。喝酒时酒风也实在，一仰脖儿一缸子，一仰脖儿一缸子。即便喝高了，也从不说一些气壮山河的话。可是，他不经意说过的一句话，让我至今难以忘记。他说，文冠果的魂儿附在他的魂儿里了。——我的双眼审视着他，试图找出他身上文冠果的基因。他是为文冠果而生的吗？

深冬的一天,李高英面带微笑地出现在我的面前。他不说话,而是闷头煮茶。茶煮好后,让我喝,我品了品,味道还真是很特别。他终于开腔了,说,这是他研制的一款文冠果茶,已申报了三项国家专利,具有与文冠果油同等的功效。我慢慢端起杯子,又喝了一口,顿时胃里暖暖的了,接着,心里也暖暖的了。嗯,好茶!

八 月 炸

头一次吃八月炸是在秦岭山区。

那是若干年前的事情了。当时,盘子里一颗外形粗鄙的野果张着嘴巴——不知是什么果子,但当地的朋友说这是好东西。好东西是什么东西?就剥开果壳,吃了一口果肉,立马就噤声了——因为舌尖上乾坤颠倒,天旋地转,甜得人差点从地球上跳下去。幸亏没跳,要不然跳了也是白跳,八月炸就是那么甜——那是一种惊心动魄的甜!

当地民谣:

> 三月开花八月瓜,
> 心有甘饴气自华。
> 平时害羞不见客,
> 今日开门笑哈哈。

民谣中的八月瓜就是八月炸。八月炸属藤本缠绕植物,主藤分出枝藤,藤绕着枝,枝钩着藤。枝枝蔓蔓,蔓蔓藤藤,数也数不清。然而,藤蔓繁茂,并不意味着果实结的就多。一般来说,一棵树结三两颗果子,多的也就七八颗。果子未成熟之前,颜色一般是绿的,随着成熟期的临近,果子会由绿渐渐变成紫红色,进而变成麻黄色,且在腹部中轴悄悄出现一条白线。危险和意外就潜伏在白线上——这就是它将要炸裂的部位。

时令到了白露，来不及惆怅，夏天就过去了。也许，大自然中所有的野果都有自己的逻辑和节奏，多数野果慢慢数着天数渐渐成熟。熟了之后，倘若没人注意，也没昆虫和鸟雀理睬，便很无聊地落到地上，长叹一声，哀婉凄凉。八月炸，也是那么低调而安静。平日，就那么硬邦邦地挂在树上，藏在叶子里。然而，这是一种假象——看似平常的一切，正在积聚着能量。

农历八月底到九月初的某一时刻，"啪——"一声爆响，它就炸开了，露出里面白白的果肉，香气弥漫。瞬间，阳光就照进来了，果壳里的阳光也有了香气。也不知道蚂蚁、蜜蜂、苍蝇等昆虫是怎么得到的消息，它们以最快的速度从四面八方赶来，争相享用这片山林里最鲜香的美味。

接着，鸟也来了。鸟起初倒是斯文，没有表现出贪吃的一面。它先是在树上唱歌，唱累了就歇一歇，然后环顾四周，再看看天空看看地面，见没有天敌出现，就霍地把脑袋塞进果壳里，尾巴一翘一翘，用不了一会儿，八月炸就成了空壳。果壳里的蚂蚁、蜜蜂、苍蝇等昆虫也没了踪影，只剩下了阳光，孤独而落寞。最后，鸟连阳光也没有放过，狠狠啄了一口，便扑棱一声飞走了。

八月炸一旦炸开，便一改以往的低调和安静，性情变得慷慨而激越。此时的它，需炸开即食，能吃它的时间，就是那么一两天。未炸开的果肉不能吃，淡而无味。若炸开的口子时间长了，也不能吃了——果肉已经氧化变黑，且干涩了。后来在云贵、川北、赣南及闽西山区走动时，我亦多次遇到八月炸，但再也没有吃过，每每有些小小的遗憾——或者季节不对，或者季节对却还没有炸开，或者炸开了果肉却不见了。

八月炸的籽，粒粒饱满。黑色，硬如铁粒，能把牙硌掉，人是不能吃的，要吐出来。果肉与籽紧紧抱在一起。或许，心急的人吃不了八月炸，因为八月炸不是果肉多于籽粒，而是籽粒多于果肉。一颗果子里有多少籽粒呢？没数过，应该是很多。把籽粒上的果肉剔下来需要时间，需要耐性。

八月炸也叫拿子、八月拿、麻藤包、木通果、野香蕉、野木瓜、预知子、圣无忧、压惊子、三叶木通、牛腰子果、狗卵蛋子等等，别名可以列出一长串。有雅名，有俗名，也有不雅不俗的名，就不一一列举了吧。八月炸最奇特的功效就是补肾。民间有"吃啥补啥""以形补形"之说。不过，从外形看，八月炸确实像牛腰子，因此，八月炸又被唤作"肾果"。

预知子是八月炸在中药里的名称。为何称作预知子呢？李时珍《本草纲目》里有注解，大意是其果有预警的功能——取果两颗缀之于衣领，遇有蛊毒，其果便发出嘎嘎的响声，故名预知子。此说是真是假？我没有验证过，但我宁愿相信李时珍。可是，何谓蛊毒呢？有三解，一曰，谷久积，则变成会飞的毒虫，唤作蛊；一曰，以巫术致人毙命，令人不自知，谋害之法谓之蛊；一曰，取百虫置于皿中，经年开之，必有一虫尽食诸虫，此虫即蛊。

蛊是蛊，毒是毒。毒不一定都是蛊，但蛊一定带着毒。

蛊是悬疑的，毒是残忍的，蛊毒合谋往往就干出坏事了。然而，有蛊毒也一定有克蛊毒之物。《开宝本草》《医林纂要》皆有记述，预知子杀虫、治诸毒，辟蛇、虫毒。或许，八月炸果子里真的存在某种元素，遇毒便会产生激烈的反应，进而除邪解毒吧。然而，我好奇的是，缀于衣领上的果子是青果、干果，还是炸裂后张着嘴巴的残果呢？李时珍却没有说清楚。

作为中药的八月炸，如何入药如何服用，《本草图经》倒是讲清楚了——"其根味苦，性极冷，其效愈于子（果实）……冬月采，阴干，石臼内捣，下筛。凡中蛊毒，则水煎三钱匕，温服，立已"。

瞧瞧，八月炸的根和果俱可入药。从药效来看，根比果的药效更强。根，可杀蛊，可驱毒，可治病，也可治未病之病。常食八月炸能强身健体，能神清气爽是可以肯定的了。就道地性而言，蜀中的八月炸最好，滇地的亦难得了。

鸟是八月炸的挚友。八月炸的播种主要靠鸟，鸟把八月炸的籽粒吃到肚里，却不能消化，就连同粪便排出去，正好也就播种了。八月炸的生命力极强，它不择地势，善于攀缘，恣意生长。无论荒山野岭还是废矿残垣，无论河边沟畔还是裸岩崖壁，它都欢欢喜喜，繁衍成族，借势延伸。八月炸，由内而外的自我"炸裂"现象，也许正是此种野果生存与繁衍的智慧吧。

"八月瓜九月炸，九月不炸烂泥巴。"——又到了八月炸炸裂的季节，秦岭山区的朋友来电话说，要快递几颗果子过来，让我尝尝鲜，我却拒绝了。因为，我知道，食用八月炸需要一种机缘和运气，需要一种野性的激情和现场气氛。

那种惊心动魄的甜还是深藏在记忆中吧。

有些事物，空间和时间一变，味道就寡淡了。

味道寡淡了，心境也就不是当初的心境了。

猕猴桃

浙西塘源口，有一样东西曾在有二十个国家首脑出席的一次峰会上获得美誉。那样东西猕猴爱吃，人见猕猴爱吃，便比猕猴更爱吃了。

那样东西不用我说，人人都知道了——猕猴桃。

头一回吃浙西塘源口猕猴桃，心里头甜蜜蜜的。甜蜜蜜是什么感觉，人人都知道。剥开那层薄薄的皮即露出了翡翠色的肉，黑黑的籽儿向内聚集，密密实实，纹路清晰地紧紧抱成一团，那团里是黄色的"心"。或许，猕猴桃的一切秘密都藏在那黄色的"心"里了。轻轻咬一口，微酸甜润的味道，沁人心脾，继而通体清爽了。

我在猕猴桃藤架下直起身来，禁不住叫了一声："此地猕猴桃甚好也！"

塘源口，浙西江山市一个偏远的乡，人口不多，没有什么工厂或企业，有的只是绿水青山。然而，绿水青山就是金山银山！近年，塘源口因盛产猕猴桃而闻名遐迩了。

早年间，塘源口满山满岭都是野生猕猴桃。粟裕带领红军队伍打塘源口洪福村经过时，村民就自发把家里屋檐下挂着的腊肉和采来的野生猕猴桃，装在竹篮里送给红军。

塘源口的山水实在美极了。徐霞客形容此地："怪石拿云，飞霞削翠。"深山里，常见猕猴攀岩，黑麂越涧，野猪蹭树，白鹭翻飞。据当地朋友祝君介绍，20世纪60年代，塘源口山林中还曾有老虎出没，老虎咬牲畜伤人事件时有发生。有村民曾捕获过小老虎，重达六十斤。看来，塘源口历史上有虎是证据确凿了。我在祝君提供的一本旧县志中，也惊奇地发现此地有虎的记载。县志云："明万历九年，虎乱。东近括昌界多虎，内一虎有鬣，状如马，啮人甚众。知县易仿之募人捕获，剖腹，有指甲盈升。"好家伙，腹中剖出的人指甲，装了满满一升（升是旧时一种量器）。真够吓人的。是不是扯远了？老虎跟猕猴桃有什么关系呢？这个，我还真说不清楚。不过，老虎是食物链顶端的动物。一般来说，在浙西山区有老虎出没的山林，就会有野猪、黑鹿、水鹿、猕猴等食草、食野果的野生动物栖息活动。不然，老虎怎么存活呢？

老虎是猕猴的天敌，猕猴要想生存，必须能够获取足够的食物，并且有足够的智慧和本领逃生，才会免入虎口。而猕猴桃，是猕猴最爱的食物之一。从生态学角度来说，遍布猕猴桃的山林里，猕猴种群一定兴旺呢。想想看，猕猴在啃食猕猴桃的过程中，在搬运猕猴桃给小猕猴吃的过程中，在怀抱猕猴桃逃避老虎追猎的过程中，或许，无意间也播撒了猕猴桃的种子呢——这也是说不准的事情。

塘源口民间，也把猕猴桃叫作"羊桃"或"藤梨"。其实，早在唐代之前，古人对猕猴桃就有所认识。明代李时珍在《本草纲目》中对猕猴桃的描绘也很具体，他写道："其形如梨，其色如桃，而猕猴喜食，故有诸名。"是的，野生猕猴桃相貌的确有些粗鄙、丑陋，毛茸茸，像是顽劣的猕猴的脑袋。

我在塘源口的乡间走动时，在村头在溪口在田边，常常看到有野生猕猴桃不受约束地生长，藤蔓肆意蔓延，野性十足呢！我好奇地躬身翻动藤蔓，未见果子。怎么光长藤蔓呀？祝君笑着说："也许是让下山的猕猴偷吃了。"他说，这几年，常有村民发现猕猴出没的踪影，猕猴下山偷食猕猴桃已经不是什么新闻了。本来嘛，野生猕猴桃就是属于猕猴的嘛！也算不得偷食呢！祝君说："小时候野生猕猴桃到处都是，采下来就啃，不过，又硬又酸，实在不好吃。后来，妈妈就把刚刚采回来的猕猴桃埋在稻谷里，捂上四五天之后，就软了，就开始弥漫着一股芳香气，剥皮之后，咬一口，酸甜可口，味道奇绝呀！"祝君吧唧吧唧嘴儿，仿佛穿越时空又回到童年时代。

当然，今天塘源口的猕猴桃都是人工种植的猕猴桃了。若干年来，专家们已经培育出品质独特、口感甚好的品种，红心的有"红阳"，黄心的有"金艳""金桃"，绿心的有"徐香""翠香"。

塘源口人遵循"生态农作法"，不上化肥，不用农药，不用膨大剂。猕猴桃园里养柴鸡，间种山稻。鸡吃虫，山稻保湿保墒，防止水土流失。鸡粪和山稻稻草沤成肥后还田，猕猴桃自然疯长。猕猴桃藤下的草呢，该长也让它长。时间会改变很多事情，树、藤、草、虫，自然就建立起一种稳定的生态关系。

1904年，新西兰人从中国引进猕猴桃，改了个名字叫奇异果。新西兰人喜欢这种有趣的水果，在适宜的土地上大量种植，精耕细作，产出的果子也确实好，除了自己吃以外，还大量出口，当然也出口到中国，赚了不少中国人的钱。于是，渐渐地给人们造成一种错觉，似乎猕猴桃原产地在新西兰了。错了，错了！猕猴桃的原产地在中国呀！中国的哪里呢？当然，我不能一一列举出来，但是，有一个地方是可以肯定的，那就是浙西江山，江山的塘源口是真正的原产地之一呢！

20世纪70年代，塘源口乡洪福村一个村民在山上放牛时，用柴刀砍柴，不经意地也砍了几根猕猴桃藤条背回家，扔到后院便没再理会。哪知转年春天，那几根猕猴桃藤条竟然生根发芽，全部活了，一片生机。随它们长吧，那位村民也没有特别在意。三五年之后，那几株猕猴桃的藤蔓覆盖了整个后院，还结下了一嘟噜一嘟噜的果子。成熟之后，村民一吃，呀呵，味道不错嘛！于是，上山又砍回一些猕猴桃藤条，扦插到地里。或许，那位村民自己也没有意识到，他不经意的举动竟掀开了新的一页——塘源口人工扦插种植猕猴桃。到20世纪80年代，塘源口人又分别从江西奉新、江苏徐州引种，选育良种壮苗取得成功。从此，塘源口人生活中，猕猴桃占据了重要的位置。全乡有近四成人口种植猕猴桃，而经销几乎是全民性的了。猕猴桃成熟的季节一到，塘源口人每天微信上刷屏的就是猕猴桃了，微商已经把生意做到园里地头，甚至做到每棵树的每枚果子上了。

重庆有个大眼睛女孩特别喜欢吃猕猴桃，她隔三岔五从全国各地网购，吃来吃去，就有了比较，她执意认为，浙西塘源口的猕猴桃最好吃。这是一个凡事要搞清楚为什么的女孩子，她要用自己的眼睛看看那些猕猴桃到底生长在什么样的地方。于是，"大眼睛"从重庆坐火车到衢州，从衢州再坐汽车到江山，从江山又坐汽车到塘源口，从塘源口又坐农用车到洪福村猕猴桃种植基地，终于看到青山绿水间那些静静生长的奇异果子——猕猴桃。"大眼睛"兴奋无比，似乎每个猕猴桃都在朝她笑，问她好呢！

据说，"大眼睛"重庆女孩儿，就是在那次塘源口猕猴桃产地探源之旅中，与塘源口的一位小伙子一见钟情，演绎出一段浪漫的故事。她戏称他"猕猴"，他把她唤作"猕猴桃"。他们每次约会的时候，小伙子都要给"大眼睛"带上几枚猕猴桃。甜蜜和幸福全在那猕猴桃里了。悄悄的话儿，说不完。悄悄的话儿，除了猕猴桃，无人知。

塘源口有自己的秩序和逻辑。塘源口人很节制，对经济发展有自己的看法，节奏稳健，脚步坚实。品质至上，诚信至上。不贪，不妄，不虚，不欺。拒绝一切急功近利的事物，对有损猕猴桃品质的行为说不。猕猴桃似乎内化成塘源口的标志性符号了。朋友祝君指了指自己的脑壳，笑着说："连这个，都越来越像猕猴桃了。"我定睛打量一番，嗯，还真有那个意思。是的，猕猴桃不正代表着这片土地上的一种品格和一种精神吗？

你可以不吃猕猴桃，没有人会说你人生或有遗憾。但是，我可以断定，你只要吃了塘源口的猕猴桃，你一准会爱上这种奇异的果子。咬一口，再咬一口，是微酸？是微甜？还是什么？说不清呢，但心里头却是甜蜜蜜的感觉，可以久久回味。

蓝 莓 谷

我有个朋友，叫大潘。喜欢耕作，喜欢农事。

前些年，发达了的大潘在辽东的一个山谷里种了两千亩蓝莓。那个山谷在金狐岭与龙山之间，名曰蓝莓谷。头发有些卷曲的大潘，曾在美国留学多年，对蓝莓一往情深，做事风格也很浪漫呢。不想，蓝莓挂果后，大潘怎么也浪漫不起来了，因为麻烦来了。不是被贼人惦记上了，而是被贼鸟盯上了。喜鹊、野鸽子、野鸡、呱呱鸡轮番来蓝莓园里偷食蓝莓。大潘派人天天巡护，敲脸盆、敲铜锣、放鞭炮，弄得那些野兔、松鼠、狢狸、狗獾倒是惶惶然，但对那些贼鸟，却不起多大作用。它们飞去飞来，悄无声息。呀呀，真是讨厌极了。

起初，大潘还扎了些稻草人，手里挥着彩色布条，动作僵硬地立在蓝莓园里，吓唬鸟。结果，三天就被贼鸟们识破了。偷食，照旧。有人出主意，说贼鸟怕鹰，鹰是贼鸟的天敌，鹰一叫，贼鸟就被吓跑了。于是，大潘就用录音机录制了鹰叫的声音，用喇叭一遍一遍地播放。果然，贼鸟们一听到鹰叫，吓得腿都直哆嗦，见草丛、蒿丛、灌木丛就钻进去，哪怕半截屁股露在外面也不顾了，半天不敢出来。蹲在蓝莓园里的大潘，见此情形，嘿嘿直乐。这招儿管用了一段时间。后来，贼鸟们还是发现了问题——光是日日听鹰叫，也未见鹰来呀！胆子大的贼鸟就试探着出来，呀哈，也没有什么危险呀！偷食，照旧。又有人出主意了，说架拦网吧，把蓝莓园四周用网围起来，用拦网粘贼鸟。天罗地网，来偷食蓝莓的贼鸟，定叫它有来无回。也有人说，投毒药吧，这招儿狠，让那些贼鸟也付出点代价，长长记性。主意倒都是管用的主意，可这样会危及那些鸟的生命啊！大潘考虑了两天两夜，最后摇了摇头。

　　大潘被贼鸟们折腾得疲惫不堪，可狠招儿就是不忍心出手。好心的朋友给他发去短信："你总是心太软，心太软，独自一个人流泪到天亮。"木屋里的大潘看了一眼那条短信，又看了一眼窗外的蓝莓谷，没言语。

　　唉，可怜的大潘呀！头几年挂果的蓝莓基本都喂鸟了。甚至，饱食蓝莓后的贼鸟们拉出来的屎，一粒一粒，也都是蓝色的呢。这不是叫板吗？大潘气得够呛，眼看着自己的蓝莓梦就要破灭了。

　　贼鸟的偷食问题还没解决呢，野猪也来凑热闹了。每当蓝莓成熟季节，附近山林里的野猪，时不时下山拱食蓝莓，弄得狼藉一片。这些嘴巴尖尖，面相粗鄙的丑家伙，比精明的贼鸟们更具有破坏力。为了使那些蓝莓免遭野猪的祸害，大潘不得不在蓝莓园旁边种了几亩地瓜。因为同蓝莓比起来，野猪更喜欢拱食地瓜。那东西脆生生，甜丝丝，有嚼头，味道也不错，嚼着过瘾，嘎吱嘎吱！从此，野猪不再光顾蓝莓园了。

　　不过，日久天长，大潘也发现了两个秘密。其一，那些贼鸟们吃的更多是蓝莓树上的虫子，贼鸟经常作乱的蓝莓园从不发生虫害；其二，野猪并非经常下山捣乱，而一旦下山拱食地瓜，天必要下雨，比电视上的天气预报还准呢！

　　渐渐地，大潘与那些贼鸟及野猪之间似乎达成了一种默契。蓝莓园里的虫子全归鸟吃，而蓝莓果三成归鸟吃，七成归大潘收获。贼鸟们想贪嘴多吃，都已经不可能了。因为忽然有一天，蓝莓谷的上空真的来了鹰。不守规矩的贼鸟，必被鹰擒之。鹰，成了蓝莓谷的王。哈哈，大潘无为而治，每年买农药的钱也省下了。防虫治虫的事情就全由鸟们去打理了。而发现野猪下山拱食地瓜呢，他就赶紧把山上的水沟、水渠疏通了，大雨来时，雨水全都从容地淌进水塘，一点儿不浪费。待天旱时，水塘里的水汲上来，正好浇灌蓝莓。水费省了不说，也不用费劲巴力去远处运水了。

故事并未停歇，一切刚刚开始。

在这里，自然的行为和界限常常被跨越，有时甚至反转过来。野鸡与喜鹊之间也会发生打斗，野兔被喜鹊追得到处乱窜，松鼠常跑到喜鹊的巢里睡觉，猞猁被狗獾逼得倒着爬树，蚂蚁竟然成了狗獾的美食。

湛蓝的天空下，蓝莓谷充满着生命的律动。自然法则与经济法则在这里相互叠加，并且生出许许多多的意外和惊喜。

是呀，时间会改变很多事情。蓝莓谷有了自己的逻辑，在繁杂中秩序井然，逐渐形成了稳定的生态系统。大潘的脸上重新挂满了笑容，在蓝莓园里劳作时，还偶尔用英语哼上几句《蓝莓之夜》的主题曲：

> I don't know how to begin
> 我不知道如何开始
> Cause the story has been told before
> 因为故事早已被诉说
> I will sing along I suppose
> 我想我会继续歌唱
> I guess it's just how it goes
> 我猜这只是它继续的方式

啧啧，我的朋友大潘还是那么浪漫啊！本来嘛，蓝莓拒绝一切与美与善无关的事物。

如今，大潘的蓝莓是辽东一带品质最好的。个儿大，甜口儿，白霜厚，粒粒饱满。蓝莓谷闻名遐迩了。

芒果　芒果

听说我们走进了那片芒果园，凌丹玲骑着一辆电动车赶来了。电动车不同于摩托车，摩托车跑起来嗷嗷直吼，像是一头狮子，有一种蛮霸的野性。电动车则没有喧嚣张扬之气，给人感觉，低调沉稳，冷静从容。她把电动车停在芒果树下，自我介绍说，她是石平村的村主任，有什么事情跟她说就行。她说话轻声慢语的，节奏如同澄碧湖微微皱起的水波。我诧异地打量着她——唉，无论如何，眼前这位文静的女子，与野性的、跑起来嗷嗷直吼的摩托车是难以匹配的呀！

嗯，这就对了——电动车的特质符合她的性格。什么样的人，就会选择什么样的交通工具。就像什么样的人，就会选择什么样的人生。

然而，从事乡村基层工作，光靠低调沉稳够吗？光靠冷静从容够吗？光靠讲道理够吗？或许，有的时候，也需要吼一吼才能解决一些棘手问题呢。不过，我面前的这位女子，从面相来看，恐怕无论如何，也是吼不起来的吧。

澄碧湖岸边的芒果正值盛果期，在果园里穿行，一嘟噜一嘟噜的青芒果，时不时碰头。"你们来得不是时候，芒果还要等一个月才能成熟。"她说，"我们这里的芒果个儿大，味儿美，是最好吃的。"说这话时，她的眼睛里充盈着满满的自信。

澄碧湖生态地位非常重要——它是右江流域的一颗明珠，也是右江城区人口的重要饮用水源。在地理区位上，这里属于干热河谷地带，是中国芒果适生区。在阳光、空气、湿度、时间，以及人的劳作等合力作用下，此处出产的芒果甚好。然而，遗憾的是，芒果成熟的季节未到，我们没有品尝到果子，因而，这里的芒果到底好到什么程度，还真是无法具体描述。但是，从凌丹玲的眼神里，我们已经有了一个基本的判断——此处芒果的品质和味道应该是毋庸置疑了。

我注意到，凌丹玲的帽子有点特别——后端缀着一面纱巾，似乎重点保护的是头的后部——有点像是养蜂人戴的那种帽子，不过，面部没有那层罩子。或许，这种帽子的功能，主要是防止蚊虫叮咬人的后颈吧。我本想问问这个问题，却话到嘴边，终于还是没有问。

凌丹玲1987年出生，大学学的是外贸经济，可是，毕业后她却回到石平村。当年，邓小平、张云逸、韦拔群等先辈带领穷苦人闹革命的红色老区，似乎与外贸经济这个词离得远了点。然而，她知道，红色老区更需要改变，更需要跟时代同步发展。于是，当她面对许多选择时，却放弃了其他的选择。

凌丹玲先是担任村里团支书。2021年2月，当选村民委员会主任。这些年，村里年轻人或者出去打拼闯天下了，或者大学毕业后留在城里发展不再回村了。唯有这个凌丹玲逆向而行，回到村里。从她坚毅和执着的目光里，村民们看到了某种不一样的东西，那不一样的东西里或许就有石平村的希望和未来。于是，村民们齐刷刷把选票投给她。

凌丹玲家里有六口人。父母均是农民。丈夫黄天仁，跟她同年出生，在百色海事局工作。她有两个娃娃，大娃娃十岁，读小学；小娃娃刚满三岁，活泼可爱，顽皮而天真。她家有五十亩芒果园、十亩油茶林、四十亩湿地松，还养了二十三头山羊。山羊是黑山羊，个个生猛。除了丈夫的工资外，每年家庭收入在村里属于中等偏上的水平。盖了新房子，墙面砖块裸露着，还没来得及装修呢。有一辆客货两用的面包车，跑长路，跑短路，载人载货物也载各种农产品。一家人其乐融融，早就过上小康生活了。她本可以随同丈夫，举家搬到百色城里，但她对城里不感兴趣。石平村的一切已经融入了她的血脉中。她的根在这里，她离不开这里的山，这里的水，这里的人。

作为村主任，凌丹玲考虑更多的是村里经济如何发展，村民医疗保险如何完善，村里的道路、桥梁如何建设，村里脱贫家庭如何防止返贫。

石平村位于澄碧湖岸边。早年间，村里以种植甘蔗为主。由于长期反复耕作，导致陡坡地水土流失甚为严重，土地越耕越薄。雨季，山上的陡坡耕地泥沙俱下，河水暴涨，灾害不断，农舍农田被淹被毁情况时有发生。

石平村人终于认识到，生态是赖以生存和发展的根本。于是，村里制定村规民约保护森林，修复生态。特别是国家出台了退耕还林政策后，石平村抓住机遇，2015年，退耕还林二千余亩，把过去的甘蔗地全部退耕还林。同时，封山育林措施跟进，让生态自我修复，取得了显著成效。经过多年的努力，稳定的生态系统正在逐步形成。澄碧湖水库里的水，如同自己的名字一样澄碧。生物多样性明显丰富了。多年未见的白鹇、穿山甲又重现了身影，野猪、猕猴多起来了。当然啦，野猪和猕猴下山拱食、偷食，干些糟蹋果园和农作物的勾当也是常有的事。

生态不保护不行，经济不发展更不行。然而，生态保护与经济发展常常是一对矛盾，如果两者关系处理不好，就会产生一系列问题。

由于石平村处在澄碧湖库区，属于自然保护区范围内，这就给当地经济发展带来很多限制。凌丹玲跟我讲出了自己憋在心里很久的困惑。她说："原有的机耕路，年久失修，我们打算投资用水泥硬化路面，可是上级有关部门不容许硬化，说是违反自然保护区管理条例规定。可是，路面不维修不硬化的话，秋天收获时，就有许多不便，农用车进不去，芒果等果品拉不出来，只能人工用担子担出来，费工费时间费力气，增加了生产成本。"

我一时不知该说什么，只是瞪大眼睛听着。她笑了，说："不过，村民从不把自己的力气算钱。"她用双手挑了挑帽子后面缀着的纱巾，继续说："但是，我想不通啊，我们村一直坐落在这里，机耕路也是早年修的，保护区建立之前，那条路就已经存在了。有了保护区后，路却不准维修不准硬化了。哈哈哈！"

凌丹玲告诉我，下一步，村里将重点发展种桑养蚕产业。她说，从她考察的情况来看，种桑养蚕适合石平村的实际情况——澄碧湖库区农作物和树木不能施农药，不能施化肥，种桑养蚕正好就是这样的项目。另外，她还打算发展电商，把村里的芒果和油茶果都销出去。让村里人都过上富足、美满、幸福的生活——这是她最大的心愿。

凌丹玲喜欢读书，尤其喜欢读励志方面的书，比如《习近平的七年知青岁月》《乔布斯传》。只是每天忙于村委会事务以及家里农活，真正静下来读书的时间只有晚上睡觉前的半个小时了。由于经常去镇上开会办事，她意识到自己的语言表达能力有待提高，就在网上买了《高情商聊天术》《精准表达》，看看书里有什么可以借鉴的表达技巧。她敬佩的人是自己的父亲。她说，父亲虽然是农民，每天有干不完的农活儿，但对她的要求非常严格，常给她讲一些做人的道理。

太阳落山之前，我们必须赶下山去。因为芒果园与澄碧湖的中间地带是一片泥滩地，人走在上面呼呼冒水泡，险象环生。临别时，凌丹玲将一根竹竿递给我，嘱我走路千万小心。我们深一脚浅一脚，往山下走。回眸时，她还在芒果树下向我们挥手。

狼 牙 蜜

他是一位养蜂人,名叫高登科。

显然,山里的深秋天气有些寒凉了。他穿一件芝麻花色粗布衫,外面套了一件马甲。有意思的是,马甲外面又套了一件马甲。四粒扣子,扣实了三粒,虚着一粒。但是,看得出,马甲外面套的这件马甲,别的功能大于保暖,因为它的上面缀满了兜兜。数一数,有七八个之多呢。兜兜里鼓鼓囊囊,塞满了东西,都塞了什么呢?这话不好问,也不便问。

再打量他穿的裤子,也是粗布的,灰黑色,裤脚处挂了一些灌木刺和草屑。鞋呢,是一双草鞋。鞋带呢,是灰色的布条,系得宽松适度,经纬分明。站立时,大脚趾一下一下地蠕动着。

这是一个勤于劳作的人。每天早晨,蜜蜂还在梦中,他就起床了,开始了一天的忙碌。

高登科是陇南两当县杨店镇土峰沟村村民,六十六岁。家里六口人,分别是妻子王花、儿子高贤、儿媳吴亚红、孙子高兴瑞和孙女高兴怡。儿子和儿媳都在城里打工,孙子和孙女都在读书。平时,山里的老房子里,只居住着他和妻子王花。虽然,屋子里略显冷清,但家里养的活物不少,院子里鸡鸣狗叫,此伏彼起,小日子过得殷实、安稳、如意。

高登科脸膛黝黑，双目炯炯。我见到他时，他正在一片核桃林里捕捉马蜂。核桃林间一片草地上放置了好多蜂箱。蜜蜂在空中飞舞，来往于花朵与花朵之间，忙着采蜜。马蜂是蜜蜂的天敌，常常偷袭蜜蜂，有时甚至给蜜蜂种群造成毁灭性的伤害。

高登科说："马蜂这东西贼头贼脑的，精明得很！"

我问："马蜂采蜜吗？"

他说："不采蜜。但马蜂的蛋和蛹烧熟后是美味，高蛋白呢！"

"听说，每年山里都发生马蜂伤人事件？"

"是的，我们村里就有人被蜇过，但都无大碍。"高登科说，"其实，马蜂从不主动攻击人。它之所以蜇人，一定是人招惹了它，或者毁了它的巢，它才拼命的。"

"嗯。"

"观察马蜂的巢可以知道天气情况。"

"怎么观察？"

"一般来说，马蜂在树上挂包筑巢，就说明冬季偏暖。若是它在土里打洞筑巢，就说明冬季偏冷，甚至有霜冻灾害要发生了。"

"马蜂也不光是干坏事嘛！"

"除了吃蜜蜂惹人恨，其他方面都挺好的。"

"光说马蜂了，还没问你蜜蜂的情况呢。"

于是，我们坐在蜂箱群旁边的石头上，聊起了蜜蜂。高登科告诉我，他总共养了八十七箱蜜蜂。蜜蜂采的蜜主要是狼牙蜜。狼牙蜜品质好，一斤能卖上七十元，一箱蜂一年能收入一千元左右。八十七箱能收入多少呢？算一算，就清楚了。

成仁才告诉我，狼牙蜜来自一种野生灌木——狼牙刺开的花。狼牙刺生长在陇南山区，恣意横生，无规则，无逻辑。它根系发达，萌生能力强，是护坡、护堤、护堰的好树种。枝干、枝条有什么用途呢？枝干、枝条用火烧烤后，可弯曲可蜷缩，拧拧用于做耙子。耙子是耙田垄、耙田泥的传统农具。

然而，狼牙刺却毫无地位，也没有名分。官方统计森林覆盖率时，它不在其内；统计林木资源总量时，也没有它。人工造林选择树种时，更没人种它了。它全靠自己，自己萌生，自己繁衍种群。可以说，在陇南山区，所有的狼牙刺都是天然生长的。它，分布面积有多少呢？不清楚，因为从来就没有人把它当回事。

狼牙刺，以粗鄙卑微之躯，创造了最甜蜜的美物。

狼牙蜜呈琥珀色，迎光观之，稍带绿色。在常态下，狼牙蜜表现为透明或者半透明的黏稠液状，口感甜润，弥漫着一种狼牙刺花朵特有的淡淡芳香。不过，气温在十四摄氏度以下时，狼牙蜜就开始结晶了，结晶颗粒细腻，如雪般乳白，滑润若脂膏，甚是奇妙。

《本草纲目》云："生则性凉，故能清热；熟则性温，故能补中；甘而和平，故能解毒；柔而濡泽，故能润燥；缓可以去急，故能止心腹肌肉疮疡之痛；和可以致中，故能调和百药而与甘草同功。"蜂蜜是好东西，狼牙蜜是好东西中的好东呀。成仁才介绍，两当县山区共养蜜蜂五万六千箱，每年产狼牙蜜十五万斤。在网店上，狼牙蜜的销售情况相当生猛。

每年清明之后，狼牙刺就开花了，花期可达两个月。花朵呈白黄色，花瓣如狼牙，故名狼牙刺。狼牙刺花盛开之时，成群的蜜蜂云集而来，追花啄蜜，好不热闹。

狼牙刺生命周期可达二十年，在进入衰老状态后，就渐渐无刺了。早年间，干枯的狼牙刺往往被山民砍下来，捆成捆扛回家，当柴火。狼牙刺喂灶口，火焰硬朗，坚挺，劲儿足，做出的农家饭菜好吃可口。在高登科家的院落里，就堆着一捆一捆干枯的狼牙刺。

走进高登科家院落时，其妻王花正在往石板上撒米喂鸡。

咕咕咕！咕咕咕！咕咕咕！四散林间的鸡，听到呼唤，便嗖嗖嗖迅疾聚拢，撅着屁股，争而食之。

那些鸡个个彪悍，野性十足，敢跟黄鼬对抗，敢跟老鹰叫板。傍晚，经常飞到树上，栖在枝头夜宿。

除了养蜜蜂和养鸡外，高登科家里还养了二十头猪、七只鸭、九只鹅，还有两只猫，一只黑猫，一只黄猫。还有三只狗，一只比较凶狠，面目狰狞，始终用铁链拴着，看家护院；另外两只，都是小狗，乖顺顽皮。我们聊天时，它们就在我们身边摇尾巴。

高登科家总共有二十亩坡耕地，原来种苞谷，种红薯，种黄豆，结果土壤越耕越薄，造成严重的水土流失。十年前便索性退耕还林了，种了十亩核桃和十亩花椒。现在核桃和花椒都进入了果子盛产期，效益很好！

瞥一眼晒场，只见晒场上晒着刚刚打下来的核桃，黑褐色的，滚圆滚圆；也晒着花椒，是名字唤作"大红袍"的花椒，空气里弥漫着花椒香呢。

"为啥不留几亩地种粮食作物呢？"

"山里野猪多得成灾。种粮食作物太操心，防野猪拱食就费尽脑筋，弄不好颗粒无收，全计野猪祸害了。"

高登科最高兴的一件事，就是孙子高兴瑞考上了大学。拿到录取通知书那天，宰鸡宰鸭，还取下梁上挂着的腊肉，办了一桌酒席。坛子里泡了多年的狼牙蜜蜡和蜂蛹的老酒，那天除去了坛口糊着的泥巴，开封了。高登科喝了不少，一仰脖儿，一杯子，一仰脖儿，一杯子。微醺中，还跟乡亲们说了一些扬眉吐气的话。痛快！

孙子高兴瑞有画画的天赋，肖像画画得栩栩如生。上大学临走之前，画了四幅画，至今贴在老屋的墙上。一幅是爷爷高登科，一幅是奶奶王花，一幅是爸爸高贤，一幅是妈妈吴亚红。

我看到那四幅画后，竖起大拇指。

"考上的是美术学院吗？"

"不，是兰州财经大学。"高登科的脸上充溢着自豪，他说，"刚一入学，孙子就被选为班长了呢！"

高登科的家庭收入来源，主要还是林特产品和家里养的活物：其一，狼牙蜜；其二，核桃和花椒；其三，生猪和鸡鸭鹅之类。前些年，他盖了一排五间房子，买了摩托车，买了四轮农用车。

有人建议他，可以考虑在两当县城买楼房。他想了想，没有买。他说，攒钱主要是供孙子上大学，等孙子大学毕业后有了工作，娶了媳妇再说吧。他还说，无论怎样，农民不能离开土地，离开了土地就失去了根本。

"恐怕你家早是小康之家了吧！"

"比上不足，比下有余吧！"高登科摆摆手，笑了。

嗡嗡嗡！嗡嗡嗡！说话时，蜜蜂在我们的头上不停地飞舞。

嗡嗡嗡！

西 红 柿

一个画竹子的画家，没有去种竹子，却去种西红柿了。西红柿跟竹子有什么关系？似乎没有太大关系吧，竹子是竹子，西红柿是西红柿。然而，画竹子的画家是否画出了名堂我不便评说，可种出了好吃的西红柿是可以肯定的了。

因之爱吃西红柿，所以常买西红柿。常吃常买，常买常吃，便对各种西红柿有了比较，哪个品种哪个形态哪个颜色的西红柿什么味道，口感怎么样，基本上一清二楚。北京超市里什么西红柿好吃呢？这个问题当然常买常吃西红柿的人最有发言权。

张文发不是农民，张文发是一个画竹子的画家。

画家种出的西红柿会是怎样的呢？种西红柿不是作画，无论是文同，还是郑板桥，虽然他们深谙画竹之法，但不一定能种出好吃的西红柿。好吃是什么标准呢？——好吃是口感好，好吃是味道好，好吃是许许多多说不出来的好。好吃里有阳光，有风雨，有冷暖，有星夜，有雷电，有鸟鸣，有虫语，以及更多无法一一描述的自然的事物。单一的因素，绝对不可能构成好吃。

好吃，必有好吃的道理。

好吃的背后有故事有传奇。

每年，全球西红柿总产量两亿吨，其中，中国的产量就占了三成。

可以说，中国是目前世界上西红柿产量最高的国家。西红柿并非我们中国本土的东西，而是一个外来物种。西红柿的"西"字，就意味着它是外邦异物。它的另外两个名字，一曰番茄，一曰洋柿子。南美洲的安第斯山脉，是西红柿的故乡。起初，它只是观赏植物，没人吃它的果子，误以为它的果子有毒。清人汪灏在《广群芳谱》中有明确记载："一名六月柿，茎似蒿，高四五尺，叶似艾，花似榴，一枝结五实或三四实。草本也，来自西番，故名。"汪灏的文字，说了它的茎，说了它的高，说了它的叶，说了它的花，说了它的枝，说了它的果，说了它的名，就是没有说它能不能吃。

据说一个浪漫而胆大的法国人，改变了西红柿不能吃的历史——他认为这样的美物怎么就不能吃呢？不就是有毒吗？有毒的东西吃了不就是送命吗？——送命好呀，正不想活了呢。于是，这个不想活了的法国人就成了世界上吃西红柿的第一人。是生吃的呢？还是熟吃的呢？从当时的情况分析，生吃的可能性大——就当是生吃的吧。他吃了一堆西红柿，然后穿西服打领带，还穿上锃亮的黑皮鞋，体面地躺到床上等死。结果呢，吃了一堆西红柿的他不但没有死，反而活得好好的。据说，那个法国人也是一个画家。哈哈哈，西红柿是画家的挚友吗？

头一个吃西红柿的法国画家，画没画过西红柿我没有考证，也不知晓这位画家的名字。但我知道，法国每年秋季举办的西红柿狂欢活动是这个国家的人们最开心的时刻之一。凯旋门前，西红柿堆成了山，汇成了海。人们蜂拥着抢夺西红柿，互相投掷，互相追逐，漫天红雨，红流成河。人的头上、脸上、身上、脚上、手上全是西红柿的汁液，西红柿的红。因之西红柿，巴黎人相聚在欢乐的海洋中。在世界上，除了法国之外，西班牙、哥伦比亚也都有一年一度的西红柿狂欢节。西红柿，唤醒了人的内心深处潜藏着的野性、激情和无边的想象。

然而，不知什么原因，作家老舍对西红柿却持有偏见。1935年7月14日，他在《青岛民报》上发表了一篇题为《西红柿》的随笔，文中写道："拿它当果子看待，它甜不如果，脆不如瓜；拿它当菜吃，煮熟之后屁味没有，稀松一堆，没点'嚼头'。它最宜生吃，可是那股味儿，不瓜不果不菜，亦可以休矣。"老舍当初不会想到，仅仅过去不到百年的时间，西红柿炒鸡蛋已经成了中国人餐桌上最常见的一道菜。

可惜，张文发的西红柿不属于老舍所处的那个时代，否则，倘若老舍吃过张文发的西红柿，对西红柿或许就是另一种看法了。不过，从艺术角度来说，西红柿可能确实很难入画，还真没见过文同、郑板桥、齐白石、李可染、关山月、吴作人等画家画西红柿的画作。艺术往往是托物言志，或者，通过某物表达某种品格，某种思想，某种精神。比如，梅兰竹菊。西红柿象征什么？代表什么？除了观赏和食用之外，从文化基因上，似乎找不到它与中国文化谱系相关联的东西。

可是，张文发偏偏要去找。

他搁下画笔，拿起镐头，通过种植，通过梳理西红柿与土地的关系，与气候的关系，与自然万物的关系，试图找到西红柿与中国人舌尖之间某种说不清道不明的微妙联系。

张文发生于河北农村，自小家境贫困，是靠助学金读到高中毕业的。后考上了首都师范大学美术系，入学作品《希望的田野》，画的是华北平原上矗立的油田井架；而毕业作品《白洋淀渔歌》，画的是白洋淀上的渔民双手摇橹，从芦苇荡中摇出渔船，捕鱼归来的情景。直到此时，也看不出他的画及志向与种西红柿有什么必然的逻辑关系。

毕业后，张文发去工读学校当了一名老师。再后来，下海当了包工头，搞装修，也赚钱，也赔钱，总而言之是赔钱。他跟人家结账付款，别人不给他结账不给他付款，就生生把他的装修公司拖垮了。公司可以垮掉，但人绝不能垮掉。

是什么力量使他坚持到底，又给了他心灵的慰藉呢？张文发告诉我，每当自己深夜拖着疲惫的身体回到家，有苦也不能与家人诉的苦闷之际，自己就坐到画案前，本能地拿起笔，蘸满水墨，不由自主地一笔一笔画着竹叶，不由自主地一笔一笔画着竹竿，不由自主地画出了一丛一丛的竹。

渐渐地，竹让他的心平静了。如果说文同画竹，画的是胸中逸气，那么张文发画竹画的是心中的痛苦。竹的坚韧，竹的气节和精神，激励着他，必须坚持下去。

一个偶然的机会，朋友托他代卖西红柿，从此他与西红柿结下了不解之缘。后来，他想，与其代卖还不如自己卖呢。再后来，他又想，与其卖人家种的西红柿，还不如自己种自己卖呢。于是，若干年过去了，华北和东北的许多地方，就都有了他的西红柿种植基地。

张文发的西红柿在北京市场的占有率，稳稳排在首位。尽管如此，也不是所有超市都有。但北京具有国际知名度的超市一定会有张文发的西红柿。

张文发的西红柿至少有三个特点：其一，口感好。它不是大水大肥催出来的，而是历经了时间，历经了风雨慢慢自然生长而结出的果实。业界数次盲评（只有产品的编号，不标品牌名称），张文发的西红柿的得分是最高的。其二，营养丰富。它是原生态的果实，有浓稠的汁儿，有金黄色的籽儿。施的是农家肥，猪牛羊粪为主，不施鸡粪（鸡粪中激素往往过量，寄生虫也多），不施化肥，不用农药，不涂催红剂。其三，地理独特。每年种十几茬，每个月都种，不同的地方不同的时间错开种植。选择在盐碱地、沙土地上种植——让西红柿在饥渴的状态下弱势生长。

何谓弱势生长呢？

就视觉而言，西红柿的秧子并不好看——秧子瘦弱，叶子耷拉着，落魄发蔫，而不是强势健旺。水也好，肥也罢，有意给的不是太足，太猛，往往是循序渐进，让营养往果实里慢慢聚集，慢慢聚集。

为什么许多西红柿吃着不是早先那个味道了呢？这就是灌水施肥太猛了，农药也过量，就导致没有味道了。张文发逆向思维，反向行事，收获的却是意外和惊喜。

张文发也养蜂——养一种叫熊蜂的蜜蜂。不过，他养熊蜂可不是为了取其蜜，而是利用熊蜂去为西红柿的花朵授粉。其他蜜蜂排斥西红柿花粉，独有熊蜂似乎跟西红柿的花朵，有着某种神秘的约定。嗡嗡——嗡嗡嗡。

一段时间，通过与张文发的接触和交谈，我隐隐感觉到，种出好吃的西红柿，仅仅靠技术是不够的，回归传统，遵循生态农事法则，更是不可忽略的。

张文发种植西红柿只追求好吃，不追求高产，不追求急功近利。也许，这就是他的西红柿在超市里价格高的原因。是呀，凡美物必有其难，好的东西一定饱含艰辛和汗水。

好吃，是一种极致。

好吃，是一种品格。

好吃，是一种境界。

某个周日，我来到张文发略显幽暗的画室。好家伙，墙上挂的全是画竹子的作品，案台上摆放的是宣纸、画册、画页、砚台、笔墨，角落里摞着一盒一盒的西红柿样品。当我看到他的一些画竹子的作品所表现出的非同寻常的思想和意境时，我着实吃惊不已。虽然，他的《禽栖卧龙》和《君子依旧爱清风》等作品参加过许多画展，一些画作藏家开价也不菲，但他对慕名前来买画的人断然说不。

张文发说："种西红柿与画画有异曲同工之妙，追求的是一个字——诚。不能投机取巧，你下了啥样功夫，就有啥样的品质。"他说，

"我的画从不出售,有些画家以画画赚钱,我是以画画为乐。"

"画过西红柿吗?"我问。

他笑了,说:"正在心里画,那是一幅有关西红柿产业链的画,一幅很大很大的画。"

水 杉 王

水杉王——利川的符号。

水杉王——利川的标志。

在外地,利川人自我介绍时,常常会说"我们是水杉王那个地方的人"。——话里透着某种底气和自信。

王者,同类中的头号也,或曰最大最强的个体也。一棵树,就是一个世界。一棵树,就是一部自然史。

晚白垩世时,水杉原本和恐龙一样普遍,在第四纪冰川时期,大部分动物和植物灭绝了。恐龙成为了化石,水杉成为了化石。那时候,地球上还没有人类。人类出现是后来的事情。

人类在地球上出现后,面对的水杉,仅仅是化石。南极圈没有发现活的水杉,北极圈没有发现活的水杉,美洲没有发现活的水杉,欧洲没有发现活的水杉,非洲没有发现活的水杉。于是,植物学界宣布,水杉在地球上已经彻底消亡了。

可是,它真的消亡了吗?这是个问题。

利川的这棵水杉王,注定要与几个科学家的名字联系在一起。他们是干铎、王战、郑万钧、胡先骕。

1941年,植物学家干铎经过谋道,发现了这棵似松非松,似杉非杉的参天古树。他拾起几片枯叶,夹在一个本子里,却在旅途辗转中不慎遗失了。1943年，林学家王战前来采集了叶子、树枝、球果，并将标本编号"王战一一八号"（现存江苏省林科院标本室）。王战是我敬重的林学家，他是头一个率队考察神农架的科学工作者。他发现和鉴定的植物新品种就有六十多个。他在20世纪70年代，就发表文章呼吁，如果不进行生态建设，"长江确实有变成黄河的危险"。

之后，经过多年潜心研究，植物学家郑万钧和胡先骕将此树鉴定为水杉，并发表了水杉新科及生存之水杉新种的论文。这一研究成果轰动了世界，被誉为20世纪植物界最伟大的发现。

有人会不以为然——这有什么伟大的？水杉本来在自然界就存在着，这些专家稀里糊涂没有找到，就说它在地球上消亡了。这哪里是"伟大的发现"，分明是专家的失职，不尽责，是科学精神的缺位嘛！

然而，我要说——错了。

水杉王的树龄是六百年，这是地球上活着的年龄最大的水杉了。有七百年的吗？没有。有八百年的吗？没有。有一千年的吗？更是没有。由此向上追溯，统统没有。那么，上溯六百年至一亿五千万年期间的水杉在哪里呢？——石头里。

一切静悄悄，毫无声息。

打个比方吧——六千多万年前，恐龙本来全部死了，后来变成了化石，可是若干年之后，在我们眼前的石头里，突然跳出一只活的小恐龙，会是什么情况？

然而，现实里的小恐龙终究是没有跳出来，但是，却真的跳出了一棵水杉。不，准确地说，五千六百六十二棵。这说明什么？——说明水杉的种子没有死，它一直活着，活在石头里，活在梦想里，活在传奇里。

"以绝望之心，行希望之事"——百年，千年，万年，千万年，亿万年，只是为了等你。

我至今不解的是，水杉本来遍布地球大陆很多地方，其他地方全部消亡了，为什么偏偏这里的种子活了下来？可以断定，它的身上一定深藏着许许多多的秘密。

水杉王，生长在利川市谋道镇磨刀溪边。谋道镇地处鄂西南边陲，素有"东局荆楚，西控巴蜀"之说，古称"磨刀溪"，为商贾觊觎之所，兵家必争之地。清末，四川总督赵尔丰为此地一关帝庙题写楹联——"大丈夫磨刀垂宇宙，士君子谋道贯古今"，并主张，"尚武可轻，修文该重"。于是，磨刀改为谋道。或许，这个文人出身的赵总督，是个有情怀的人，对磨刀霍霍、坎坎伐檀的事情很是反感。不然，怎么会改名呢？

据利川的朋友讲，磨刀溪里的石头，个顶个的好，软硬适度，性格温顺。早年间，河床里的石头被当地人拣出来，用作磨刀石。——磨砍刀，磨剪子，磨凿子，磨斧头。磨出的刀刃锋利无比，寒光闪烁。

然而，刀器毕竟是与向善反向的。磨刀，意味着对抗自然，杀戮生命，滋长贪欲。而谋道，谋自然之道，才是尊重自然，顺从自然，涵养灵魂。今天来看，赵总督算是有见识有眼光的人。名字改对了，后面的很多事情就跟着对了。

那时候，赵总督见没见过这棵水杉王呢？不得而知。如果见过的话，依他的性情，也许会写首诗的。

想想看，这棵水杉王的存在，的确是一个传奇。六百年间，发生了多少事情啊！可是，它，居然躲过了刀斧，居然躲过了雷击，居然躲过了虫蛀，居然躲过菌蚀，居然躲过了战乱，居然躲过了人的贪念。

一次一次，一回一回，一起一起，一例一例。

史料载，20世纪50年代末期，利川毁林之风盛行——毁林开荒，毁林烧炭，毁林挖药，毁林种粮，毁掉了大片大片森林。然而，水杉王依然在那里。

"大跃进"和"大炼钢铁"时期，利川有数百口窑眼，上万口炉膛，炼钢炼铁每年烧掉不计其数的木材。火光烁烁，铁花灼灼。从齐岳山到利川县城，举凡森林，无论古木、巨木、稀木还是名贵经济树种，皆做炼铁之薪，砍伐殆尽。然而，水杉王依然在那里。

1967年，"修大寨田"，无论大树、小树，一律铲除，光是黄泥塘、甘溪山一带就铲除柳杉三千五百七十二棵、核桃树一千余棵。然而，水杉王依然在那里。

火，森林之大敌。在林区，大事万千，防火第一。可是，火，防不胜防。火，还是要烧起来。1949年至1986年，利川共发生大小森林火灾一千七百七十一起，烧毁林木四百万棵。然而，水杉王依然在那里。

20世纪80年代，由于经济发展的需要，木材和竹材的需求剧增。为了实现经济指标，文斗、团堡、谋道、朱砂、箭竹溪、小河、凉雾山、长坪、兴隆口等地均大肆伐木，干劲高昂，斧锯不歇，许多山林被剃成光头。十年间，砍伐木材近二十万立方米。然而，水杉王依然在那里。

终于，我见到了这棵水杉王。在那里，在那里。

忽地，我瞪大眼睛，投去的目光里是满满的惊喜和敬意。远远望去，它既有无尽的延伸感，也有未知的神秘感。

它，像是天宇下肃穆庄严的宫殿里的一尊神。具有恍如隔世的高古气质，充满巨大、神圣和永恒的能量。我凝神静气，不敢有一点造次，迈出的步子都是轻轻的。在它面前，我完全辨别不了方向，仿佛过去和未来都不存在了。存在的，只有它了。忽然，天空滴下一些雨点，落在头上，落在面上，落在手掌上。远处的青山之间，霎时就升起了忽明忽暗的幽灵般的弧圈，在若有若无的云雨中闪闪发亮。

渐渐地，我被一种强大的气场包围起来，耳鼻喉眼，连同心和肺都被不知不觉地洗过了。

它，高三十五米，胸径二点五米，冠幅二十二米。虬枝俊朗，蓊蓊郁郁。我用手机拍下它的巨大树干，它的侧枝，它的叶子，它的小芽，它树体上的苔藓。它在这片土地上站立了这么久，它把时间和空间并置了，它用手臂和身体撑起了这片天空。

空气湿漉漉的，水杉王的树下，乃至四周弥漫着一种神秘气息。它本该在石头里，以某种栩栩如生的图案，供人们猜测、观赏、研究，甚至成为一遍一遍谈论的话题。然而——不！

它，陡然间，从石头里跳出来了，然后稳稳地矗立在那里，创造了一个神话。它，颠覆了固有的逻辑，颠覆了我们所有的认知和想象。

这里是磨刀溪的源头，从来就不缺水。溪里的水常年汨汨不歇，清澈如碧。然而，水杉水杉，因水而欢喜，可是，水过多，也不都是欢喜了。因为，水过多，就会导致烂根现象。

前些年，水杉管护站站长范深厚发现，水杉王的树叶发蔫，树势减弱。便吃不下，睡不香了。查找原因，发现磨刀溪离水杉王不远的地方，被人用石块垒了一个小坝子，拦住了欢畅流淌的溪水，形成了一个水深过膝的小水塘。妇女们取水洗衣洗菜自然是方便了，可是，水杉王的根却也被泡在水里了。

范深厚虽然心里很急，但是他知道做村民的思想工作不能硬来，要讲究方式方法。于是，他把那些妇女召集到水杉王树下，给大家开了一个现场会，讲清了"养树重在养根"的道理，讲清了水杉王的存在对谋道镇来说意味着什么。本来，叽叽喳喳的妇女们还有不同意见，听了范深厚的一番话，一下安静下来。接着，各自抄起家什，怀着一颗愧疚的心，把那个小水坝拆除了。

次年春天，水杉王的叶子又鲜亮如初，树枝、树冠又打起精神，昂起头了。

水杉王四周的山叫凤凰山，水杉王及磨刀溪是在山谷的最低处——

盆底儿上。夏季，此处恰好处在雷区。雨天，滚滚雷声十分恐怖。据范深厚观察，水杉王已经多次遭受雷劈，树冠上跌落下来的炭状物就说明了一切，好在只是几根梢枝，几片树叶，倒无大碍。

为了不引起恐慌，范深厚也就没有声张。

但是，范深厚却意识到了危险——万一雷击起火怎么办？

他和管护员们从废品收购站找来铜线，蹭蹭蹭，猴子一般爬上树去，在树冠上架起了简易避雷针，几个夏天过去了，倒也平安无事。可是，某日，来了一位上级领导，事情又发生了转机。那位领导背着手，在水杉王树下转了一圈后说，树冠上那些横七竖八的铜线太难看了，影响景观啊！能不能在四周的山上架设避雷针呢？范深厚说，能架设呀，可就是没钱啊！

那位领导盯着范深厚看了半天，没言语。回头又看了一眼水杉王，走了。

几天后，一笔专项资金下拨到管护站的户头上。

范深厚乐了，竟不由自主地哼出了几句小曲。

如今，来参观水杉王的人，驻足环顾凤凰山时，就会发现三座山峰上各自耸立着一处塔状的高高的避雷针。那三处避雷针，足足高出水杉王十几米。是的，多少年过去了，山谷里无论怎样的雷鸣电闪，水杉王都安然若之。这里有最好的黎明，这里有最好的黄昏。当然，这里也有最好的梦境。

水杉树的特点，可以用十二个字来概括，那就是——生长迅速，树形优美，耐寒耐湿。

"在水杉王面前，全世界的水杉树都可以称为它的后辈。"范深厚说，"几十年来，专家从水杉王身上采集了大量的种子引种到全国各地，甚至很多国家。掰着指头数数，如今，水杉王的子孙已经遍布八十多个国家和地区。"

我问:"水杉树到底有什么价值呢?"

范深厚说:"它的价值有待认识,随着科学的发展,它身上的秘密,会被一点一点地揭开。"

2013年,经全体市民投票,政府审定,人大会议通过,水杉被确定为利川市市树。

作为"活化石",水杉具有重要的科学价值和文化意义。为了纪念水杉的重大发现,中国邮政曾发行"水杉"邮票一枚。周恩来总理曾把水杉王的种子作为国礼,赠送给英国、朝鲜、阿尔巴尼亚等国家。美国前总统尼克松把自己心爱的游艇起名为"水杉号"。1978年,邓小平访问尼泊尔时,将一棵水杉树亲手种植在尼泊尔皇家植物园。

近年来,水杉成为了全国种植最广泛的行道树种和观赏树种之一。有趣的是,引种到江苏、河南、安徽等地的水杉比利川原生地人工种植的水杉树干更为通直,更为挺拔。树冠呈现更为规则的圆锥形,且叶片艳丽耀眼。

就"彩叶树"而言,有"北香山,南栖霞"之说。——所谓"北香山",是指北京香山的黄栌,而"南栖霞"是指南京栖霞山的枫香。深秋季节,香山的黄栌和栖霞山的枫香,一夜之间,层林尽染,满目橘红和深红色,鲜亮璀璨。然而,有专家告诉我,那是你还没有见过深秋后的水杉彩叶,引种到北欧和北美的水杉彩叶之美,胜过黄栌,胜过枫香。我定睛看了一眼他发给我的水杉彩叶照片,不禁大吃一惊。啊呀!

决定植物叶片色彩的因素,是叶片细胞中的叶绿素、类胡萝卜素和花青素三种色素的相对含量和分布。这是一个生物学问题,就不去探讨了吧。

当然,影响水杉叶片色彩的因素,主要还是它的基因和生境。然而,它自身的潜能——那种藏在叶片里的美,只要有了对的空间和对的时间,它就会尽情地释放出来,绚丽无比,令人迷醉。

这一切，是水杉王遗传的基因在暗暗发力吗？还是后代个体固有的灵魂和精神在起作用呢？我无法解释。是的，它的踪迹，它的故事曾经被苔藓被蕨类植物包裹着，被石头包裹着，被时间包裹着。隐蔽，莫测，毫无声息。

它，消亡了，是谜。

它，存在着，就更是谜了。

漆与漆人

"生漆光辉夺人眼，试点一点倾人城"——这是古人赞美生漆的诗句。中国是漆树的原产地。生漆，历史上曾被广泛利用。早在尧舜时期，黑色漆器就用作食器了。唐代以后，日用器具，甚至乐器、兵器，几乎无物不漆了。漆器，与丝绸、瓷器一道，成为中国文化向世界传播的重要载体。

20世纪50年代初期，周恩来总理为坝漆题词——"坝漆名冠全球"。据我所知，国家总理专门就生漆给一个地方题词，仅此一次，仅此一例。坝漆，可谓漆中之王也。因坝漆主要产地在鄂西利川市毛坝镇山区，故名坝漆。毛坝镇地处武陵山山脉余脉，星斗山高耸于东，马鬃岭逶迤于北，山峦重叠，沟壑纵横。这里原为施南土司辖地，明代时为宣抚司所属。境内最大的河流唤作毛坝河，由大小二十三条溪流汇聚而成，河水滔滔，清澈如碧。毛坝常年云雾缭绕，聚气巢云，雨量丰沛。自然条件得天独厚，特别适合漆树生长。

坝漆的品种有很多种，我能数出来的名字有"阳岗大木""阳岗小木""猪油皮""毛叶柳""冲天小木"等等，可以数出一长串，就不数了吧。

从坝漆资源情况来看，"阳岗大木"，毛坝镇有一百余万株，占坝漆总量约七成以上。"阳岗大木"，主要分布在海拔五百米至一千二百米的山林中，树高多在八米至十米左右，树冠呈老式座钟形，幼时树皮灰褐色，成年树皮纵裂，紫红色。分枝低，漆叶茂密。漆的单产为坝漆之冠，漆质也好。

坝漆有什么特点呢？用行内的话说，就是二十个字——品质醇厚，色如琥珀，气味芳香，抓木力强，成膜坚实。当地土家族歌谣赞道："坝漆清如油，照见美人头，摇起琥珀色，提起钓鱼钩。"瞧瞧，唱词如此形象生动，若是经由土家族妹子唱出来，也许更有味道了。

旧时，涂宫殿庙宇建筑、涂木船、涂家具、涂棺材、涂坑木等都用生漆。因坝漆具有耐热、耐油、耐溶、耐腐的性能，加之绝缘和防渗的功能强，在清代就已闻名遐迩了。20 世纪 80 年代之前，坝漆是国家重要军工物资，军舰、核潜艇、导弹等均用坝漆涂饰表面，防腐、防热、防辐射。

坝漆种植历史始于清代顺治年间，民国时已形成批量生产。有史料记载，1936 年，毛坝镇坝漆年产量就已达五百九十石。1975 年后，毛坝镇相继建起了坝漆研究所、坝漆职业中学和坝漆林场，为坝漆研究和生产培养了一批又一批人才，也培育了一个又一个坝漆漆林基地。1949 年至 1986 年坝漆总产量达到四百四十四万斤，光是 1986 年一年的产量就有二十三万斤。斗与升，斤与石，都是重量单位。一斗等于十升，一石等于十斗等于一百升。一石谷与一石米是不同的，一石谷是一百二十斤，一石米是一百八十斤。一石漆是多少斤呢？或者，多少斤漆相当于一石呢？怎样换算，怎样折合呢？我的脑子里还真是不甚清晰了。

为了寻访坝漆，也为了见识一下漆人割漆的劳作场面，初秋的一天，我专程来到毛坝镇青岩村。

在一片坝漆漆林旁边，我结识了一位漆人，他叫吴兴海。一打问，才知晓，脸膛黝黑的吴兴海是土家族。爷爷、爸爸还有他，吴家三代都是割漆人。十三岁时，他就随父亲上山割漆，至今快五十个年头了。

这天清晨，吴兴海就接到电话，说是有个作家要采访他。他吃过早饭，就戴上草帽，穿上一双解放鞋，背着漆具，蹚着露水，来到这片漆树林旁等我了。

漆树是一种神秘的树。不是所有的人都能靠近漆树的，漆树会散发一种无法描述的气息。有的人近前，可能会发生皮肤奇痒现象，几日后，甚至会皮肤溃烂。也有的人近前，可能会狂打喷嚏，甚至窒息，生不如死。

吴兴海提醒我，不要莽撞走进漆树林中，要保持一定距离，适应一下，看看漆树是否能接受我。如果皮肤和呼吸道都很正常，就说明得到了漆树的认可，可以走进漆林了。

吴兴海走到一株漆树的近前，先点燃一支烟吸着，眯眼静静地观察树干表皮显现的"漆路"和"水路"情况，然后吐出一口烟雾，长舒一口气。烟雾弥漫开来，蚊虫远远地避开了。此时，他已找准了位置，随手抽出刀子，割开一个口子，轻轻挑开树皮，用贝壳当漆笕嵌在口子的下方，不多时，漆液就缓缓地滴入了漆笕。漆液琥珀色，亮亮的，闪着光。他说，割口要割到"漆路"上，但要略带一点"水路"，因为漆本身是黏稠的，要靠水把它冲出来。否则，口子就白割了，采不到漆了。吴兴海说，割口的位置选择很重要，一般来说，流出的漆稠，水分少，质量就好。但没有水分，也不行，没有水分，漆就流不出来了。

"百里千刀一斤漆。"割漆是体力活儿，更是技术活儿。开口一般不能超过漆树胸径三分之一，超过了就有可能把漆树割死。割口也不能相隔太近，一个口子一年割漆至多二十刀。怎样才算是一刀呢？口子的上面割一刀，下面割一刀，构成一个闭合环，称作一刀。好的漆树可以割二十年，再割就伤漆树的元气了，就对漆树生长有影响了。

吴兴海告诉我，不是割漆会导致漆树的死亡，而是割漆会导致树体的抗性减弱，免疫力下降，就会发生严重病虫害。由于某些病虫害的不可控，会导致漆树的死亡。我瞪大眼睛，听着他讲述的道理。哎，原来是这样一种逻辑关系呀！

吴兴海是割漆人，更是一个爱树人。虽然一个口子可以割二十刀，但吴兴海只割十六刀——上八刀，下八刀，七天割一刀。他说，凡事留有余地，不能太贪。操刀，也不能太狠，刀口开得不能太深，否则，会伤着木质部。一旦木质部受伤，漆树就生气了，就会发脾气，甚至会愤怒。刀口就会长出瘤子，抗拒割漆，排斥割漆人。如此这般，刀口就废了，漆人就再也割不到漆了。

其实，人与漆树之间是存在一种默契关系的。那种关系，需要长期的观察和实践，积累了一定的经验之后，才能建立起来。那种默契的关系，只能感觉，很难言说。人要懂树，操刀才会准，才不会伤害木质部，才会割到好漆。而树呢，也能懂人，把阳光，把雨露，把薄雾，把虫鸣，把星星和月亮的耳语以及湿漉漉的山歌，都默默加工成了漆液，流淌出来。割漆必须深谙漆道——割漆与养漆是同步进行的。这样，漆人割开的口子三五年后就合拢痊愈了，不会影响漆树的生长。漆树呢，依然健壮，生命力旺盛如初。

早晨六点之前，割"上八刀"，八九点钟的时候，割"下八刀"，晌午时分去收漆。这已经是吴兴海多年养成的习惯了。割漆，有许多行话，比如，上刀，也叫内洗脸。内洗脸割面要尽量割出弧度，下漆效果好。下刀，也叫外洗脸。外洗脸割面要尽量直一些，漆液流得才会旺。"上八刀"割的漆，水分多些，"下八刀"割的漆，水分少。最后的第十六刀，漆的品质是最好的，基本没水分了。而此时，他竟戛然收手，不割了。断舍，或许，此为割漆的最高境界了。我的心里不禁暗暗佩服这个朴实的漆人了。

吴兴海家有六亩漆树林，是当年退耕还林种的漆树。漆树的效益也还可以。一亩地二十五株漆树，算下来就是一百五十株。漆树种下后，第六年起就可以割漆了。一般来说，一亩地的漆树一年可以割十四斤漆。一株树可以割二十年。吴兴海认为，漆树林下不能荒着，要耕种，种药材种菜蔬，能增加一笔收入不说，还能促进漆树生长，增加漆的产量。

为了确保生漆品质，采回家的漆要经过两次高温过滤处理，把树叶、草屑、飞虫等残渣过滤掉，水分蒸发掉。生漆可以拉出几米长的细丝，涂在木板上如同镜子一般，光亮照人。——那一定是上等的好漆了。

近几年，漆价不菲，根本不愁销路。今年毛漆的价格是二百三十元一斤，都是订单割漆。一些漆老板，头一年就把漆款预付了，第二年来收漆。然而，漆的产量毕竟有限，还是不能满足需求。

漆树浑身都是宝，漆籽可榨油，漆叶可鲜食（有的人吃了会过敏），可酿酒，可入药。

早年间，毛坝镇还是生漆的集散地。街道两边，会馆商号林立，漆行多达几十家。赶圩的日子，人头攒动，摩肩接踵，甚是繁盛喧嚣。中华人民共和国成立后，坝漆一度是紧俏战略物资，出口日本、英国、德国、法国、美国和苏联，为国家换回了很多外汇。县志载，20世纪60年代至70年代，利川毛坝镇每年坝漆出口约八万斤。80年代，每年出口约十二万斤。1977年至1986年，坝漆总收购量为一百零六万斤，出口七十八万斤，出口量约占总收购量的七成。那是何等的荣耀和辉煌啊！谈起坝漆的过去，吴兴海的眼里充满自豪的神情。

吴兴海家里现有七口人——母亲、他、他妻子、儿子、儿媳、孙子、孙女。儿子三十二岁了，不愿学割漆，去城里打工了。孙子和孙女都在读书，更不可能学割漆了。前些年，他一直担心割漆的手艺会失传，打算教三个侄子学习割漆，但侄子们似乎对此也不感兴趣。

出乎意料的是，近些年，随着漆器、漆艺被赋予新的精神和品格，一些有眼光的文化人开始关注漆道文化了。一向孤独的漆人，竟然有人来找了，还有记者来采访，让他演示割漆的技艺。吴兴海隐隐感到，或许，割漆这门手艺还能传承下去。

吴兴海家里还有八亩茶园，茶叶和生漆是家庭收入的主要来源。可是，吴兴海却抱怨说，今年的春茶价格不好，茶叶没卖上价钱，家里大宗收入就指望生漆这一项了。吴兴海除了喜欢抽烟，几乎没有别的嗜好，不喝酒，不打麻将，不玩扑克牌。他的心思，几乎全部用在割漆上了。

家里还养了七只鸡，两只公鸡，五只母鸡。说是养，其实根本不用他劳神费力。鸡在漆树林里散养，吃桔梗，吃百合，吃蚯蚓，吃害虫，吃露珠儿。鸡，也会飞，经常飞到漆树上过夜。过端午节，宰了一只芦花公鸡。盖新房上梁那天，摆酒席，宰了一只光会叫不下蛋的白脖子母鸡。如今，只剩下五只鸡了。一只公鸡，四只母鸡。没养猪，没养牛，没养羊，没养驴。

我问："为啥没养别的活物啊？"

吴兴海说："养别的活物，还要吃饲料。我没种苞谷没种粮食作物呢！"

对于吴兴海来说，漆树在，一切就在。靠着那些漆树，吴兴海家早就是小康之家了。小日子过得殷实，幸福，美满，自得其乐。

构树之诟

在民间，构树长期背负着骂名——被唤作"坏树""邪恶的树"。因此，乡村很少有人种构树，我们看到的构树几乎都是野生的。

构树坏吗？有那么一点点坏！

构树邪恶吗？有那么一点点邪，但离恶还差得远呢。

夏天，穿白裙子的女士正在构树下等待一场浪漫的聚会，啪的一下，树上掉下的一枚构树果砸在白裙子上。糟糕，那白裙子被砸到的部分一准儿被染红，留下一片污渍。

——尴尬吗？尴尬！

——难堪吗？难堪！

——讨厌吗？讨厌！

欢天喜地刚买来的白色轿车停在构树下，也要当心了——说不定几时构树果子掉下来，爱车就要倒霉了。构树常常干出一些令我们出乎意料的事情，一些令我们尴尬、令我们难堪、令我们讨厌的事情。

不光是这些，构树还不讲规矩，乱长，疯长。甚至，它还有些任性，比如寺庙的塔尖上，高压线铁塔的鸟窝里，大楼顶层的阳台上等等，那些地方是长树的地方吗？太不体面了吧，太不雅观了吧，太不讲究了吧。

作为树，构树是落叶乔木。构树的名字可真是不少，有的地方称作皮树,有的地方唤作构树、麻叶树、沙纸树。构树在中国华北、华中、华南、华东、西北、西南等广大地区都有分布。说句公道话,构树所谓的"坏"和"恶",跟构树所创造的价值相比,几乎可以忽略不计了。

一棵构树就是一台空气净化器。它抗污染能力强,能吸收有毒气体,鲜有病虫害发生。构树根系发达,形成一张巨网,护堤护坡,防止水土流失;能把土壤中的有害成分吸出来,降解转化,改良土壤。构树是治理矿区、治理雾霾、治理有害环境的好树种。构树还可以为一些鸟类和蜜蜂提供食物和蜜源。构树果子的味道,有点像桑葚,相当甜美。各种鸟类喜欢啄食,也是蜜蜂采蜜的蜜源。构树果子在树上的悬挂时间,可达三个月,也就是说,一年里有九十天的时间,构树是鸟类和蜜蜂的"食堂"。

一般而言,一颗构树果子有二百至三百粒种子,而一棵成年的构树上一般可结二万至三万颗果子。构树到处生长,不该长的地方也长出构树,不是构树不讲规矩,是鸟不讲规矩。鸟吃了构树果后,籽儿消化不了,就排出来。鸟排便的地方,恰好具备植物生长的条件,那里就长出构树了。与其说构树都是野生的,不如说野生构树都是鸟们播种的更准确。鸟是构树的"播种机"呀!

李时珍《本草纲目》里所载的"楮",即构树。构树的果实及树根皆可入药。补肾利尿,强筋健骨。

构树专家沈世华经过多年的努力,已经繁育出杂交构树,生命力旺得很,可以像种韭菜一样种构树,一年能割三四茬。平茬后的构树一个月能长一米多高。割下的构树及其叶子加工成猪饲料,猪极喜欢吃。吃构树饲料养大的猪,被唤作"构香猪"。肉质不同于普通的猪肉,其肉紧实,格外香。

构树的蛋白质含量高,适合做饲料,可与紫花苜蓿媲美。除了猪嗜吃,牛、羊、马、驴、鸡、鸭、鹅也喜欢食之。有人用这种饲料去喂水塘里的鱼、虾、鳖、蟹，想不到的是，它们也喜欢得不得了。

目前，构树产业规模还很小，链条也不够长。制约构树产业发展的因素很多，其中，有种苗的问题，有政策的问题，有市场的问题，更有"在什么样的地上种"的问题。有人说"种构树与粮食争地"，这显然是不了解构树，认识上也存在偏见。构树适生性强，田头地边、塘畔渠沿、荒山荒地、矿区废地都可以种，根本不必占用耕地农田。

我最近对构树产业做了点研究，也找有关林业专家了解了一些情况。我认为，发展构树产业，要处理好构树与五个方面的关系：

第一，构树与农民的关系。种不种构树取决于农民，取决于农民是否有利益。专家要把种构树的账算清楚，一亩地成本多少，收益多少，比较效益多少。如果种构树的比较效益很高，农民怎么可能不种呢？利益在哪里，农民的心就在哪里，心在哪里，干劲儿就在哪里。

几年前，我到某地调研发现一个有趣的现象，房前屋后，只要有一点空地，农民就种上花梨木。为了防贼，当地的农民给自己种的花梨木穿上"钢筋裤子"，树旁拴一只狗。晚上狗一叫，外面一有响动就出来看。即便这样，也还是被偷。贼人先把狗毒死，然后开着挖掘机把花梨木连根挖走。为什么会这样？花梨木的价格太高了，弄到一棵花梨木，一夜可以暴富。种构树不可能暴富，但比较起来效益高，农民才会去种。

第二，构树与土地部门的关系。十八亿亩耕地是底线，这是谁都不能突破的。世界上什么问题最大？吃饭。粮食生产无论如何都是第一位的。但是，粮食生产也有个结构问题，都种玉米、小麦、大豆、高粱吗？也不尽然。种构树加工成饲料，其实也是另一种粮食生产。不是说地上种了树，地盘就是"林家铺子"了。像种韭菜一样种构树，构树就相当于农作物嘛！

第三，构树与农业部门的关系。据说，农业部门担心大规模种构树加工成饲料，会影响其饲料产业的发展。饲料市场已经相对稳定，都去种构树饲料了，那秸秆饲料怎么办？紫花苜蓿怎么办？青贮饲料怎么办？会不会受到冲击？所以，构树饲料长期没能进入饲料名录里，即饲料里的"黑户"。据说，经过扶贫办的努力，这个问题最近已经解决了。杂交构树已经正式列进饲料名录中，这就意味着杂交构树作为饲料，取得了合法的身份。该享有的饲料补贴政策，都可以享有了。

第四，构树与林业部门的关系。为什么林业部门对种构树也不太积极呢？两方面原因：其一，专家告诉我，构树本身抗性强，很少有虫害，但是天牛害虫喜欢在构树上寄生。虽然这种天牛对构树不构成危害，但会对周边的杨树构成危害。其二，某县林业局长问我："种构树算不算森林覆盖率？"一年割三四茬还能算森林覆盖率吗？林木蓄积量在哪里？

我原来从事的就是森林病虫害防控工作，天牛的防控好解决，这方面我们拥有的技术很先进，应该没问题。作为饲料种植的构树，即便天牛将虫卵寄生到构树里，也没有关系。因为构树每一两个月就平茬一次，天牛卵还没孵化，就被消灭了。至于种构树算不算森林覆盖率，要看具体情况。你在农田里种的构树，就不能算森林覆盖率。而在荒山荒滩上种的构树，只要盖度达到了标准，就应该算森林覆盖率。

第五，构树与企业的关系。对于企业来说，构树的种植一定要形成规模，构树的资源太少，就不足以支撑产业链条完整的运转。我看了一些朋友发来的割灌机割构树的现场视频，场面都比较壮观。收割的同时粉碎、打包，加工设备确实先进。不过，这种现代化或者智能化的工具用于构树产业的前提是构树种植的规模化，有了规模化，产业体量才足够大，企业设备开动起来，才能吃得饱。如果一年里，机器设备只开动那么几天，其他时间闲置，再加上利润如果不是很高，恐怕企业经营构树的动力就会打折扣。企业没有动力，农民拿不到订单，谁会去种呢？

种构树看起来简单，实际上涉及方方面面。处理好这五种关系，再加上有激励种植构树的政策，构树产业的大发展是完全有可能的。

此外，我还想说一点，构树的文化价值也不可忽视。从传承和弘扬传统文化的角度来说，大力发展构树产业，也是十分必要的。构树皮的价值被认识较早，远古时的人就用它来结绳了。构树皮还是造纸的好原料。史料记载，当年，蔡伦造纸的原料之一就是构树皮。

民间作坊里，造一张纸，从采料到揭纸，共有七十二道工序，工艺极其讲究。构皮纸呈奶乳色，亮度柔和，性格内敛，脾气稳健。

此纸，还是匠人扎灯笼、扎龙灯的首选，也可制作鞭炮、"二踢脚""冲天雷"，制作导火索和灯芯。当然，它也是制作油纸伞的好材料。

世界上最早的纸币是北宋时期的交子。据考证，交子就是用构树皮造的"皮纸"印制而成。《四库全书》《永乐大典》也是用"皮纸"印制的。

构树不是"坏树"，不是"邪恶的树"，是我们应该放声讴歌的树，是我们应该放声赞美的树。

辑二 生态故事

秦岭抱南北

一张地图

秦岭是南方的北方，秦岭是北方的南方。

在这里，北方转身抱住了南方，南方回头抱住了北方。

梁爽赠送我一张地图——不是示意图，而是一张带有比例尺的精确到毛孔的秦岭此行路线图。我手捧地图阅览，有一种别样的感觉。纸张也奇异，不怕撕、不怕拽、不怕折、不怕水，野外用时不用小心翼翼，不用顾及会不会损坏地图。在一般人眼里，地图是平面的，可是在制图人眼里却是立体的。

地图，原来也是活着的东西呀！

当车窗外的山岭和森林呼呼闪过的时候，我分明看到闪过的一切又长了翅膀呼呼落到了地图上。倏忽间，时间和空间合并了。——这是一张充满生命律动的地图啊！在地图上，汉江流出秦岭闪着白光；在地图上，大熊猫抱着翠竹吃相贪婪；在地图上，朱鹮迎着黄昏前的落日振翅飞翔；在地图上，金毛扭角羚怒目圆睁野性生猛；在地图上，金丝猴呕呕乱叫地搅动着山林。

"哇，果然是搞制图的，太专业了！"我对梁爽说。

梁爽是我的朋友，他毕业于武汉大学地理专业，是测绘与制图方面的专家。他告诉我，秦岭的每一座山岭、每一道沟壑、每一条河流、每一棵草木都有地理信息记录在案。测绘制图工作者，就是用脚步丈量大地的人，就是用科技手段描绘山河的人。

秦岭北缘太白山庞大高耸的山体，如同一道坚固的屏障，阻挡了北方南侵的寒流。而南坡的气候却温暖宜人，林木繁盛，生物多样性丰富，是大熊猫、金丝猴、朱鹮和金毛扭角羚最理想的栖息地。

梁爽指指地图说，秦岭以南为长江流域，属于南方；以北为黄河流域，属于北方。

在地图上，北方与南方是如此直观。如今，秦岭的广大地域都被划入了国家公园保护范围。我们所生活的世界，并非只是我们的世界。一切活着的生命，都在为求食而生存，为传种而繁衍。人是例外的，在危机和灾难面前，人类除了拯救自己之外，还承担着拯救世界的使命。

秦岭，山连着山，水接着水，森林叠着森林。

对于中国来说，秦岭意味着什么呢？

牛背梁

柞者，木也。

秦岭以柞树为主的森林分布在牛背梁。

在东北林区，柞树唤作蒙古栎，也称柞栎。秋天，柞树林里常有野猪出没，野猪最喜食柞树上掉下来的果实。

柞果粒粒饱满。

咯嘣咯嘣！咯嘣咯嘣！野猪嚼着柞果，嘴里发出脆裂的响声。或许，野猪嚼柞果，不单单是为了充饥，有时可能也是为了体验柞果在口腔里碎裂的那种感觉。

然而，野猪总是粗心得很，取食潦草，现场被它糟蹋得混乱不堪。不过，当它用嘴巴拱食腐殖质层或者土壤中柞果的时候，也就给另一些柞果培了土，施了肥。次年春天，柞苗就眨巴着眼睛呼呼长出来了。

我在牛背梁没有看到野猪，却看到野猪拱食的痕迹。也许，它听到了响动，远远地躲起来了。

野猪在森林生态系统中具有不可替代的作用。它能用嘴巴拱出土坑，雨天蓄水，供各种小动物饮用。它能掀翻石头，拱开坚硬的地面，拱出土壤为柞树播种。当然，它也能给柞树松土透气，让地下的根舒展起来，尽情呼吸。

当地一位野生动物专家告诉我，野猪有三大特性：一则杂食，草根、树根、鲜果、浆果、坚果、花茎，基本上不挑食，啥都吃，食物种类丰富；二则适应能力极强，无论是高山，还是草地、灌丛、荒漠，随遇而安，随处可栖；三则繁殖能力惊人，一胎数崽，年年产崽，崽又产崽，种群数量成倍增长。

生态系统的平衡是一个动态变化的过程。

在某段时间，即便野猪数量出现了爆发式增长现象，也不必大惊小怪。某些物种的局部丧失或减少，增多或爆发，都会导致生态系统失衡，或者病虫害发生，或者某种疾病发生。然而，动物与动物之间自有相处的法则。如果人类过多干预，往往会破坏了自然之道。所有的物种皆为生态系统的组成部分，相互制约，在动态中取得平衡。

森林里，植物、动物、微生物等各处于自己的位置，新与旧，小与老，更迭不歇，周而复始，生生不息。

即便是倒木和朽木，也并不意味着生命的完结。

在森林里，从来就没有多余的东西。直立的干枯柞木上长出一串一串的木耳，倒木和朽木及其腐殖质层上生出一朵一朵的蘑菇。偶尔，啄木鸟光顾枯木枝干，快速地搜寻一番，当当当，当当当，一顿猛烈的敲击,震晕了树皮里的虫子,然后用带钩子的长嘴把虫子取出来吃掉。

牛背梁的早晨,在啄木鸟的敲击声中醒来了。

大熊猫

某个冬日,雪纷纷扬扬,潘文石正在追踪一只大熊猫。渐渐地,大熊猫的脚印被雪覆盖了。潘文石有些沮丧,一上午的追踪可能又成徒劳。不知什么时候,雪停了。山林,寂静得出奇。累、困、饿一起向他袭来,他摇落芭茅丛上的雪,放下睡袋倒头便睡。一个小时过去了,"咔!"一声脆响把他惊醒。雪将一棵松树枝压断了。断枝落在离他五米远的地方,溅起的雪块,弹片一样向四面八方乱撞。

"大熊猫!"——他心里一喜。

当这只"大熊猫"走出竹林,完全暴露在他的视野之内时,他瞪大眼睛,惊呆了。原来,那不是大熊猫,而是一只斑纹清晰的金钱豹。金钱豹继续往前走,离潘文石越来越近。潘文石的腿有些颤抖——是跑?是爬上那棵断枝的松树?他选择不动。金钱豹在距他约六米处停了下来。潘文石的眼睛盯着金钱豹的眼睛,金钱豹的眼睛盯着潘文石的眼睛。双方僵持约四十秒钟,金钱豹转身走了。

潘文石舒了一口气,睡意全无,他背着仪器踏着积雪爬上了面前那座大山。山顶的风刀子似的,直往身上割。这座山的竹林里有四只大熊猫,信号不停地送来,时强时弱,潘文石不停地记录着,记录着,竟然忘记了时间。

夜幕就要降临了,潘文石跌跌撞撞地下山,大头鞋从来没有今天这样沉重。"扑通!"潘文石被竹根绊了一跤,跌下了悬崖。他只觉得自己连同世界都在向下坠,一准要死了。刹那间,他本能地抓住了崖壁上一株横生的杜鹃树。——"咔嚓!"树断了。潘文石跌落下来,当他就要与地面撞击的瞬间，怀里的杜鹃树却将他弹到一边，力的方向的改变，创造了潘文石的另一个传奇——他居然活下来了。

潘文石是大熊猫研究专家、北京大学教授。20世纪80年代初期，他带领一个多学科的研究小组，对秦岭大熊猫的历史演化以及现在的分布与数量的关系进行综合性研究，取得了重要成果。1988年，饱含着情感的《秦岭大熊猫的自然庇护所》一书出版。书中详尽分析了秦岭成为大熊猫庇护所的原因，提出了保护野生动物，首先要保护好栖息地的理论。

除此，潘文石和他的学生吕植还在秦岭获得了两个重要发现。一个是，他们发现秦岭南坡的一些山谷在百余年前曾一度繁荣，人口增多，大熊猫退向高山。后来，人们又纷纷离去，这里又成为大熊猫的重要栖息场所。于是，潘文石提出，如果在这些地区科学地控制生态平衡，就有可能争取大熊猫和人类在共同的环境中一起生存下去。第二个重要发现是，1985年3月26日，他和他的学生吕植在一条小河边发现一只毛色棕白相间的大熊猫，并且成功地把它解救出来。这一重大发现，为现代大熊猫种群可能存在二态性提供了实证依据。

在野外看到大熊猫是相当难的，即便秦岭山民祖祖辈辈生活在山里，可真正见到大熊猫的，也没有几个人。

羚牛谷

"嘘——！小心羚牛。"同行的朋友小声提醒我。闻之，我心里怦怦直跳。

不过，羚牛终究还是没有出现。

羚牛谷，崖壁陡峭，谷底狭长幽深，溪水一级一级向下流淌。水流有时平缓，有时湍急。两边柞树树干和溪中的怪石上爬满了青苔。青苔湿漉漉，蒸腾着雾气。

水里的落叶和腐殖质层清晰可见。偶有小虫闪烁，也有小鱼翻腾。当地朋友说，溪里有娃娃鱼活动，但白天它们很少露面，晚上才出来觅食。它们看似温顺，可捕食时绝对凶猛。它们守在岩洞洞口或者滩口乱石间，发现猎物经过时，就突然张开大嘴，一口将猎物囫囵吞下。

娃娃鱼食量大，吃饱后慢慢消化，因而娃娃鱼耐饥能力强，一顿吃饱几个月不再进食，甚至几年不进食也不会饿死。娃娃鱼身上会分泌出一种黏液，通体润滑，在石板上能够滑行自如。娃娃鱼长有脚爪，但它滑行的本领似乎超过了行走。

早年间，秦岭山民捕娃娃鱼为哺乳期妇女催奶是常有的事。娃娃鱼腥气重，一般处理方法是，先要用火烤，再剥皮，鱼肉连骨头剁成小块，然后用豆腐清炖。灶膛里烧的柴火是硬杂木，火燃得旺旺的，噼啪作响。当锅里咕嘟咕嘟飘出鱼肉香味，热气腾腾的日子也就多了一些盼头。

如今，野生娃娃鱼受野生动物保护法的保护，吃野生娃娃鱼就是违法行为了，甚至要被追究刑事责任了。野生娃娃鱼被列入濒危物种保护名录，再也不能随便捕杀了。

娃娃鱼是一个奇异的物种，能在水里游，能在地面上行走。它还有预警的特异功能。羚牛谷爆发山洪之前，娃娃鱼就会从溪谷石罅间溜出来，张大嘴巴朝着天空哇哇乱叫，听起来就像婴儿的哭声。它不是倾吐心里的痛苦，而是以这种方式呼唤同伴立即转移到安全的地方去。

不多时，娃娃鱼们就会纷纷爬到岸上，甚至更高的石头上，躲避山洪的袭击。

娃娃鱼是喜阴的动物，不能在阳光下暴晒，它怕光，它是在幽暗中活动的动物。当地朋友说，如果娃娃鱼在太阳下暴晒，将会失去繁殖能力。

娃娃鱼真是个怪物,它为什么不需要阳光呢?

羚牛谷的阴暗潮湿之处到底还藏着什么秘密?

朱鹮与白鹭

秦岭腹地的宁陕县渔湾村,恰好处在南北分界线上。人称离南方最近的北方,离北方最近的南方。

汉江支流之一,长安河流经这里,并在此处回头转弯,虚晃一下,然后埋头开掘出多个漩涡。也许是一块一块的巨石有意要制造一些麻烦吧,搞得河水飞浪喷雪。

长安河充溢着野性,生猛滔天,它日日倾诉着遇到的委屈与愤懑,快乐与欢喜。岁岁年年,渔湾村从来都是能包容、有耐心的倾听者,它把有关长安河的故事和传奇,转化成一片一片的稻田,转化成起起伏伏的蛙鸣。

渔湾村周边的山林、沼泽和稻田是朱鹮的重要栖息地及活动区域。这里播种的水稻是供朱鹮觅食之用的,村民从不指望收获多少稻谷。稻田里的泥鳅、黄鳝、青蛙、螃蟹、青虾、河蚌及一些昆虫是朱鹮的主要食物。在渔湾村,村民做任何事情都要考虑朱鹮的因素。山林不得樵采,不得放牧,农作物不能打农药,不能施化肥,河流禁止开渠挖沙采石。

早年,有人提出这样的问题——为了几只鸟,值得吗?如今,这已经不是问题了。村民已经习惯了与朱鹮共生共存,共存共荣。固守传统的农事法则,对威胁朱鹮觅食和繁衍生存的一切生产方式和生活方式说不。

然而,作为珍稀物种,朱鹮并非随处可见的。

驻村干部小张说:"我从3月进驻村里到今天,总共看到朱鹮三次。"

"都什么情况呢?"

"头一次看到的,是两只,一前一后从村庄的上空飞过。"

"怎么知道那就是朱鹮呢?"

"朱鹮的头上有彩色翎羽。"

"第二次呢?"

"第二次看到的只有一只。"

"在哪里看到的?"

"喏!"她用手指指前面那片稻田,"就是那里,当时那只朱鹮很孤独,在水田里呆立着,心事重重的样子。"

"第三次呢?"

"第三次是两只。"她停顿了一下,"呃,确切地说,是一只朱鹮、一只白鹭。"

"嗯,白鹭是朱鹮的好友。"

"朱鹮是抓泥鳅的高手,但它做事太专注,眼睛只看猎物,常常忽略周围危险的存在。白鹭跟着它,给它放哨。朱鹮抓到泥鳅后往往先送给白鹭吃。"

因之朱鹮,渔湾村闻名遐迩了。

近年来,来渔湾村旅游的游客渐渐多起来了。许多农家搞起了农家乐和民宿,一些有眼光的企业家也瞄准了这里。长安河的河湾上有一座废弃的水电站,蜘蛛网纵横,荒草连天。一位有文化情怀的企业家斥资,把它改造成书店和咖啡馆,使山色河景与书香、咖啡香融为一体,让那些来渔湾村寻找诗和远方的人,获得温暖和慰藉。

书店曰之"天空下的自然书店"。

咖啡馆曰之"鹿柴咖啡馆"。

书店和咖啡馆有着浓浓的文学气息——名字有什么寓意吗?不得而

知。自然书店书架上有上千册书，均为自然、人文、美学和历史方面的书。

在咖啡馆里，我没有喝咖啡，倒是喝了一杯当地产的绿茶。呷之，清香满口，舒坦极了。

上坝河

四块巨石矗立于山谷之间的空地上。从右至左，巨石上刻着四个大字：秦岭小镇。

不要以为这个小镇就是小镇，它其实是一个森林公园。不过，这是后来改的名字。先前，它叫上坝河林场。此地是分布着油松、云杉、铁杉、水杉、五角枫、红豆杉等树种的秦岭腹地林区，金毛扭角羚、金丝猴、云豹、金钱豹等野生动物出没其间，众多河流发源于此，生态地位非常重要。

20世纪90年代之前，上坝河林场主要以伐木为主，是秦岭林区重要的商品木材生产基地。地方财政的主要来源也是销售木材所取得的收入。操着各地口音的木材客商云集宁陕县城，目光紧盯上坝河林场采伐下来的木材。上坝河河谷平地上的木材堆积如山，都是通直通直的上等木材，有松木、杉木、柞木、桦木、马褂木等。河谷两岸采伐作业区，伐木号子声声。去梢、打枝、造材、集材、归楞等等，这些属于那个时代的特有词汇，见证了上坝河的辉煌和荣耀。

2000年，上坝河林场开始实施天然林保护工程，伐木人转为种树人、护林人。当年伐木人住的宿舍、吃饭的食堂、看病的卫生所均被改造成了民宿。板斧、油锯、抬杠、压角子、马灯等伐木时代标志性的工具，都被收集起来，作为自然和生态文化教育的实物，供学生和游客参观。

这个森林公园先后打造了大沙坝、焦阳沟、胭脂坝三个景区，有猿人谷、鹰嘴石、三炷香、千尺潭、天梯石等景点，完善了森林康养步道、绿色餐饮和体育休闲等服务设施，强化了生态旅游接待能力。

森林公园的未来取决于什么？除了国家政策扶持和公园自身对外部环境因素的适应，归根结底，森林公园的未来取决于森林公园自己内部的动力，取决于上坝河一草一木所焕发出的生机。森林公园负责人李建昌说："我每天所做的一切，都是为了让这片森林生长得更好，为了让守护这片森林的务林人生活得更殷实、更安宁、更有尊严、更快乐和幸福。"

忽然间，我想起缪尔说过的一段话："国家公园的作用，不仅仅是作为木材基地和灌溉河流的源泉。森林作为用材林，它们的价值并不大，然而作为鸟和蜜蜂的牧场，作为灌溉农田的水源的涵养地，作为人们可以迅速避开灰尘、热浪和焦虑的世外桃源，它们的价值是不可估量的。"

这位被称为"美国国家公园之父"的缪尔，蓝眼睛、卷发、长胡子，面相忧郁。他还说："我用尽浑身解数来展示国家公园的美丽、壮观与万能的用途，就是号召人们来保护它，在保护的同时，来欣赏它，享受它，使它得到可持续的合理利用，并将它深藏心中。"

金丝猴

呕呕呕！呕呕呕！

秦岭深处，数只金丝猴在高大的乔木上嗖嗖嗖地"飞腾"和"悠荡"，森林里充满喧嚣。

若干年前，潘文石跟我谈到秦岭时，就说到那里的金丝猴。他说，秦岭金丝猴长相特征为朝天鼻，也就是两个外露的鼻孔是朝天仰起的。

毛色金灿灿，长发披肩，很有富贵之气。同其他地方的金丝猴相比，秦岭金丝猴更干净，更漂亮。

秦岭金丝猴是一个大的种群，种群里又分数个家庭。家庭和个体数量有多少呢？我没有具体问过潘文石。这次来秦岭，宁陕秦岭办副主任张力文告诉我，在秦岭，仅皇冠镇的山林中就有三百余只金丝猴。

一处旅游景区为了吸引游客，一度投掷香蕉和苹果等食物将一群金丝猴引下山。然而，此举却遭到野生动物学家的反对。专家认为，金丝猴是属于森林，属于高山，属于自然的。它们不该在地面上爬行，而应该在森林中"飞腾"和"悠荡"。一旦靠人提供食物，会使金丝猴产生依赖心理，生存能力降低，失去风餐露宿和与天敌抗争的本能。人类过度照顾和过度关爱，可能"好心办了坏事"。

况且，金丝猴同游客近距离接触也会带来安全隐患——猴子不怕人了，不免干出抢夺食物及一些惹是生非的勾当。

在一定意义上说，人类对金丝猴生活的强行干预是错误的。通过投食行为，让金丝猴变得如绵羊一般，对周围失去警惕性，没有了生存的压力，也就丧失了生命的魅力和竞争的能力。野生动物需要时刻保持对外部的警觉。

繁衍是每一个物种的本能和生存目的，它们需要繁殖更多的后代，就需要选择更强大的基因，才能最大限度地保证后代存活，继而确保种群兴旺。

错误很快得到纠正。有关方面审慎作出决定，进行反向投食，把金丝猴重新引入山里，引回了森林。

就母爱而言，没有什么野生动物能超过金丝猴。母猴从来不抛弃自己的孩子。一般情况下，一只母猴一胎只生一只婴猴，一生只生三四只。婴猴的出生都是在夜晚。为什么不是在白天呢？这个问题我无法回答。我想，自然问题未解之前只能敬畏了。

每只小猴，母猴都无比珍爱。若婴猴因某种原因在母猴的怀里死亡了，母猴还会紧紧抱住而不扔掉它，它还会经常下意识地抚摸婴猴的头部，或者为它梳理体毛。直到有一天，婴猴的尸体腐烂了，四肢已经脱落，肚皮溃烂奇臭无比，甚至体内爬出了蛆虫，母猴才把它安置在山洞里，流下悲痛的眼泪。甚至，多日不吃不喝，守着婴猴已经溃烂不成样子的尸体不肯离去。

失去婴猴的母猴，会用脚掌拍击树干，拍击石头，甚至会抄起树棍，表达自己的哀痛。也有的母猴，仰天发出凌厉的吼声。呕呕呕！呕呕呕！——那吼声震撼着森林，令其他野生动物恐慌。

在森林中取食或活动时，金丝猴的"飞腾"和"悠荡"，传播了种子，对维护秦岭生态平衡发挥了重要作用。

秦岭雨声

秦岭的雨说来就来了。

森林在雨中发出独特的声音，那声音难以形容，是那么清亮又那么有弹性。雨滴在叶片上滚动，滚落之后，叶片突突抖动，余音不绝。在森林里，雨声令一切生命睁开了眼睛，即使是一排一排的蘑菇也放声歌唱了，即使是蛰伏在树干的苔藓，也焕发出以往从未有过的激情，让我们看到了卑微之物所具有的坚韧和能量。

置身秦岭，凝望细雨中的森林，我感受到了一种奇异的气息。我的潜意识中充盈着这种气息，它让我想起最本质的一些东西，忘记城市，忘记了困惑，忘记了那些失意、挫折和种种烦恼。

我们是这个星球的一部分，因此我们不能孤立地看待我们自己的事情。而如何看待秦岭呢？

雨停了，空气湿漉漉的。我驻足一棵巨松之下，观流云匆匆从树隙穿过，闻鸟鸣一声一声从云间飘落。如果说云是山的使者，那么鸟该是森林中的什么角色呢？我想叫住云，云却头也不回，隐了。而鸟鸣真是奇怪的声音，鸟愈叫，山愈幽，林愈静。

告别秦岭的那个早晨，我拿出梁爽赠送我的秦岭地图，把那些已经置于我心底的山岭、河流和森林一一在图上作了标注。我知道，无论何时，只要看到那些标注，我就会想起秦岭的人和事，想起秦岭的大熊猫、金丝猴、朱鹮和金毛扭角羚。

是的，就生态系统而言，秦岭是独立的个体，又是完整的整体，我从我的观察中感受到了一种不可言喻而又美妙的快乐。

2022 年 8 月 18 日写于怀柔细雨中

大麻哈鱼

等待，等待，等待，还是等待。

嘭嘭嘭！啪啪啪！终于，无数生猛的影子搅乱了乌苏里江上游江汊子里的宁静，那喧嚣的场面出现了——"达乌依麻哈！达乌依麻哈！"黑嘎爹兴奋不已，左手摁住自己的胸口，噤着，生怕喊出声来。

"达乌依麻哈"，是赫哲语，就是大麻哈鱼的意思。早年，赫哲人没有纪年的概念，而是根据大麻哈鱼到来的时令，便知又是一年了。秋风起，白露到，乌苏里江江汊子里就聚满了大麻哈鱼。驱之不去，充积甚厚，当地人竟有履鱼背渡江者。瞧瞧，鱼多得当地赫哲人可以踩着鱼背过江。

江岸上，景象更是壮观。晒干的鱼坯子摞起来，一垛连着一垛，就像劈柴垛一样蜿蜒数里。赫哲人把大麻哈鱼当马料，马要补膘的时候，就把大麻哈鱼的鱼坯子捣碎，掺在草料里喂马。那马就雄赳赳，气昂昂，撒欢儿尥蹶子，有使不完的劲儿，毛色也亮闪闪的。嗯，"达乌依麻哈"——准时回来的鱼回来了。

黑嘎爹是赫哲族渔民，肿眼泡，高颧骨，额头沟壑纵横，手掌满是老茧。一看就是个勤于劳作的人。他用木桨划着一条"威乎"，常年在这条江上打鱼。也撒网，也下缆钩，也下倒须笼。当然，他还是叉鱼的高手——十几米远的距离，把鱼叉抛出去，嗖！就能准确命中鱼背。

"威乎"是赫哲语，独木舟的意思。一根粗壮的黑桦木，截取最好的那段，沉于水下沤七七四十九天，捞出来，用凿子凿出一个凹槽。为了防止木头腐烂变形虫蛀，再涂上一层熬制好的大麻哈鱼油，一条"威乎"就算做妥了。再配一支白桦木的木桨，就可划着它，下江捕鱼了。

然而，作为独木舟，"威乎"毕竟太原始了。村主任建议他换一条柴油机动船，一给油门突突突满江跑，又体面又省力气，作业效率也高，可黑嘎爹就是不换。他说，还是"威乎"好！

黑嘎爹住在江汊子边上一处"撮罗子"里，孤零零的，显得有点另类。"撮罗子"，是赫哲族具有原始气息的原生态建筑物。用若干根粗壮的桦木杆斜立撮在地上，顶端咬合在一起，作为骨架起支撑固定作用。然后再把细一些的桦木杆斜搭铺排在骨架上，外侧覆盖一层桦树皮，相当于挂了一层"瓦片"。里侧呢，用大麻哈鱼皮做内壁，保暖防寒。

高盈丈余，内阔八尺。

远观，形如未完全撑开的巨伞；近看，状如征战归来刚卸下的铠甲。

撮罗子的门不大，需猫着腰才能进去。里面正中间是个火塘，火塘上方，整日烟熏火燎地烤着鱼坯子，还有一捆一捆的旱烟叶。角落有木板搭的地铺，上面铺着大麻哈鱼皮。旁边摆放的是工具箱、煮奶锅、鱼叉和网具等，除了这些东西，似乎也没什么了。哎呀，不对，漏了一件现代化的东西——地铺旁边的小木柜上摆着一个半导体收音机。单田芳正绘声绘色地讲着岳飞传呢。"撮罗子"虽然有些简陋，但黑嘎爹却住着踏实、安稳，睡觉香。

前几年，政府搞新农村建设，给赫哲族渔民盖了崭新的海青房（东北民居，全部用青砖青瓦构筑）。每户院内迎门处立一面"照壁"，"照壁"正面写一个大字——福。还给每家配备了彩电、冰箱。不掏一分钱，白住。——多温暖的政策啊！政府动员移民搬迁，大多数渔民都喜洋洋地搬进了新居，可黑嘎爹不搬。村主任磨破了嘴皮子，黑嘎爹就是不搬。

考虑到赫哲人的传统习惯，政府采取尊重赫哲人意愿的原则，不搞强迫，不搞"一刀切"，不搞硬性搬迁。搬有搬的道理，不搬也有不搬的原因嘛，也是可以理解的。

可是，村主任却觉得黑嘎爹是脑子进水犯傻呀，就强行把黑嘎爹的"威乎"没收，让人扛走了。咔嚓一声响，一把大锁把"威乎"锁进了村委会的仓库里。一下子，断了黑嘎爹下江打鱼的念头。无奈，黑嘎爹只好也搬进了明窗净几的、有彩电有冰箱的海青房。一千个不情愿，一万个不情愿呢。黑嘎爹两眼发直。人，蔫蔫的，经霜打了的茄子一般，一下没了精神。住进去不到三天就病倒了——浑身奇痒，不思茶饭，胡言乱语。这是什么病呢？

村主任赶紧跑来一看，情形有点不妙。黑嘎爹口里吐着白沫沫，就叨叨两个字："威乎！"请来郎中号脉问诊，也没弄清楚到底得的啥病。有人说，可能是中邪了。请萨满教跳大神的给驱驱邪吧。村主任说，都啥时代了还搞这一套？

忽然，村主任想起什么，一拍脑门儿——哎呀，差点忘了！

村主任赶紧让人把"威乎"扛来，戳到屋中央，指给黑嘎爹看。黑嘎爹的头动了动，睨了一下——立时，眼睛亮了。

村主任叹了一句："一辈子就是个打鱼的命！"

村主任喊人用门板把黑嘎爹又抬回了"撮罗子"。未出几日，没吃药没打针，病就神奇地好了。那个划着"威乎"的身影又出现在江面上。

江边，那个"撮罗子"的烟囱里，又飘出淡淡的炊烟。

万万没想到的是，后来，村里搞全域乡村旅游，那些蓝眼睛黄头发的外国游客，最感兴趣的竟是江边黑嘎爹的"撮罗子"。大呼小叫，赞叹不已。

这个一度差点被时代抛弃的"撮罗子",竟成为了赫哲族传统渔猎文化的符号——噌的一下,变成了稀罕之物,变得那么有价值了。

那些年,江边的那些散落的"撮罗子"全部被拆除了。仅存此处,仅有这一个了。村主任后悔不迭,可是,又能有什么办法呢。唉!

这天,黑嘎爹坐在"撮罗子"门口的一个木墩上,掏出枣木杆的烟袋,点燃,吧唧吧唧,使劲吸了两口。一缕青烟,升腾起来,扩散开去,一点一点被江面上吹来的甜丝丝的风吃掉了。"撮罗子"旁边的架杆上,挂满了大麻哈鱼的鱼坯子。风一吹,悠悠晃晃,晃晃悠悠。

黑嘎爹用左手大拇指摁了摁铜烟袋锅子里的烟丝,吧唧吧唧,又吸了两口。看看远处渐渐起雾的江面,看看近处满架婆娑摇曳的鱼坯子,心满意足。

可是,一个阴影又罩在他的心口。有那么几年,大麻哈鱼竟谜一般没有来。这是出人意料的。怎么会呢?

一定是出了什么问题。是人蹂躏了海?还是人糟蹋了江?

"一网泥两网草,三网四网没鱼毛。"俗话说,靠山吃山,靠水吃水。赫哲人靠江,吃的就是江,吃的就是江里的鱼。江靠不住了,有人丢下船,上岸去城里打工了;有人卷起网,胡乱抛到木障子边上,抄起镐头开荒种土豆去了。屯子里脑子灵光的人走了个精光。没走的,就整天蹲在墙根儿晒太阳。

然而,黑嘎爹始终相信,大麻哈鱼一定会回来的。因为,大麻哈鱼是乌苏里江的魂儿啊!

江在,水在流,魂儿就不会丢。

黑嘎爹一直在岸上"撮罗子"里等待。虽说手里结着网,忙着活计,但他的心思全在江里。时不时觑一眼,时不时觑一眼。看到江面上飞蛾聚群的反常现象,他判断,洄游的大麻哈鱼就要到了。这不,说到就到了。

大麻哈鱼，略似纺锤形，鱼身上有淡青色和粉紫色条纹，腹部有一明显红印。别名：大马哈鱼、达发哈鱼、麻特哈鱼、果多鱼、罗锅鱼。还有……不说了吧，一大串呢。

回到原点——从哪里开始，到哪里辉煌，在哪里终结——这就是大麻哈鱼。任凭什么东西也拦不住它，这东西真是个犟种。

海外鱼来亿万浮，逆流方口是鳉头。
至今腹上留红印，曾说孤东入御舟。

这是描述大麻哈鱼的诗。大麻哈鱼主要分布在太平洋，所以也称太平洋鲑鱼。亦海亦江，只要时令一到，中国的黑龙江、乌苏里江就会有大麻哈鱼逆流而上，寻找它们的故乡。有道是：奔死奔活乌苏里，死去活来黑龙江。

大麻哈鱼听到了什么？有一种神秘的声音在召唤吗？

大麻哈鱼能穿越浩瀚的海洋，准确找到自己的出生地，至今科学仍然无法解释清楚。有研究说，大麻哈鱼大脑里可能有一种铁质微粒，像指南针一样，能够使它们准确找到前进的方向和出生地点。然而，这毕竟只是一种"可能"，那个铁质微粒是否真的存在，这本身就是一个谜团。

这是一次不可思议的生态循环运动。大麻哈鱼把在海洋中吸收的大量营养物质带到了内陆，哺育了兽类，哺育了鸟类，哺育了森林，哺育了灌木，哺育了菌类，哺育了苔藓，哺育了地衣。大麻哈鱼本身就是一个生态系统呀！

通常，它们在大海里生活四到五年后，进入性成熟期。于是，一个声音便召唤着它们——回家。这似乎不是作为个体鱼的事情，而是一个物种的事情。它们在某个早晨聚集起来，庞大的队伍，浩浩荡荡，向着一个方向出发了。

它们日夜兼程，不辞劳苦，拼死前行，由日本海、鄂霍次克海溯水而上，进入黑龙江或乌苏里江，每昼夜可行四十公里（加上水流速度六十公里，实际上每昼夜要逆水而行一百公里），劈波斩浪，势甚汹涌，訇然有声，数里可闻。不管是遇到险滩、飞瀑、峡谷，还是激流、漩涡、断崖，从不退却，一往无前。为了越过一道一道的障碍，它们不断跳跃，一次，两次，三次……跳跃高度可达两三米，甚至四五米。

途中危险重重，它们全然不顾。在海中，海豚、虎鲸的围剿杀戮不断。在河中，棕熊、狐狸和狼的盛宴更是在劫难逃。一个洄游季，一只棕熊就能吃掉两吨多大麻哈鱼。还有白尾海雕、北极鸥也是虎视眈眈。——无数食肉动物等着它们呢。它们是美味，也是脂肪。这些家伙，吃得滚圆肥硕，才能得以顺利度过寒冷的冬天。有多少条大麻哈鱼命丧这些家伙的口中？数也数不清。

有无数的大麻哈鱼死了，也有无数的大麻哈鱼活着，继续，继续，继续前行！它们要去完成那件伟大的事情——繁衍后代，然后死亡。

这一行为，即便生物学，目前也无法给出合理的答案。为什么会这样？许多鱼类有洄游现象，而以死作为代价的洄游鱼类少之又少。

大麻哈鱼洄游最远的里程可达三千五百公里，持续六十余天。整个洄游旅程中，它们居然不摄入食物——这种极端的行为，令人不可思议。也许，摄入食物会玷污至高的目标？也许，摄入食物会扰乱圣洁的信念？

它们从出生那一刻起，就开始为回到原点做准备了——充分索食，养精蓄锐；积蓄脂肪，锻炼肌肉；强健体魄，锻炼耐力。然而，一旦洄游进入内陆河流，就再也不吃不喝了。我始终弄不明白——它们的能量仅仅是来自体内积蓄的脂肪吗？还是它本来就存在着一种我们无法看见、无法感知的力量？

洄游时，大麻哈鱼的体色由银白色变成了红色或紫色。逆流而行的大麻哈鱼，至霜降时游至黑龙江的支流呼玛尔河、汤旺河、木兰达河。它们产下的子，就在它们死去的地方孵化、生长。

生于江河，长于海洋。

往来生死，周而复始，一代一代。

大麻哈鱼的繁殖，是它生命临到尽头最辉煌的时刻。一次生产，就可产下四千粒鱼子。其子，如同黄豆粒那么大，粒粒饱满，晶莹剔透，像玛瑙一样鲜红。

黑嘎爹说，大麻哈鱼的繁殖地一般都是比较僻静的河段，河底为沙砾地，水质澄清，水流舒缓。水温在五摄氏度至七摄氏度之间。雌鱼追啮雄鱼之尾不放，到达出生地时，全身已经鲜红，这是产子前的体征信号。在布满乱石的河道中用鱼鳍、鱼尾啪啪挖出一个沟槽，便产下鱼子，雄鱼及时释放出精子，使其受精。受精的鱼子在河水里慢慢孵化。小鱼长到足够大，就会离开它们的出生地。每当暮春时节，江河解冻，大麻哈鱼幼鱼即乘流冰入海，最远可以到达白令海峡和北冰洋。

大麻哈鱼一生只繁殖一次，一次仅此一回。产子后，雌雄大麻哈鱼就在旁边巡护，狠命撕咬敢于来犯者。七八天后，筋疲力尽，遍体鳞伤的大麻哈鱼便会双双悲壮地死去。河里布满了成千上万的大麻哈鱼的尸体，有些河段江段，堆积的鱼尸长达数里，高达数尺。鱼子孵化后，父母的尸肉，就是它们最早摄入的食物，就是它们开始生命之旅时，最初的能量来源——怎么会是这样？我的心一阵战栗。

不能看着幼鱼出生，也没有积蓄留给它们，那就用双双的死，为它们备下食物吧——免得它们一出生就饥肠辘辘。

也许，悲壮的结局能使新的开始更有力量。

大麻哈鱼子营养丰富，俄罗斯远东地区和中国东北很多西餐厅里都有这东西。

哈尔滨中央大街上，马迭尔宾馆对面，有一家始建于1925年的老号西餐厅——华梅西餐厅，里面的西餐是俄罗斯式西餐。据说，那里的大麻哈鱼子非常地道。吃俄式大列巴时，要先用刀切下两片，然后把大麻哈鱼子夹在中间，吃起来才有嚼头，够劲儿。手拿大列巴片要用力捏住，不然鱼子掉下来，噼里啪啦，满地滚。20世纪80年代，我在哈尔滨的一个基层法院实习时，拿到一笔稿费后曾邀几位同学去吃过一次，不是太合口味。吃到嘴里，感觉鱼腥气太重，有点受不了。

但是，俄罗斯人似乎喜欢这东西。我们旁边就餐的俄罗斯人，手拿刀叉，咯嘣咯嘣，嘴里嚼着一粒一粒的大麻哈鱼子，表情舒坦。大麻哈鱼子酱也是美味，用它拌米饭吃想不承认奢侈都不行。

大麻哈鱼皮为淡黄色，可制成衣服。此鱼皮柔软、保暖、轻便、耐磨、防水，还可染成各种颜色。阳光一照，色彩斑斓。

黑嘎爹会缝制鱼皮衣，是黑嘎爹祖辈传下来的手艺。先将大麻哈鱼的鱼皮剥下来，在背阴里晾干，或者在"撮罗子"里的火塘上烘干，然后去掉鱼鳞，刮掉赘肉，再用木榔头砸，嘭嘭嘭！使其柔韧，嘭嘭嘭！近似棉花的感觉——此为"熟皮"，就可做衣服，做套裤，做披肩，做褡裢，做帽子和鞋子了。

这是一门手艺活儿，很费功夫。一般做一件大麻哈鱼的鱼皮制品，前前后后，需要二十多天才能完成。如今，赫哲人很少穿这种衣服了，只是一些来旅游的游客，觉得好奇，作为工艺品，买走收藏了。据说，北京的中国国家博物馆专门派人找到黑嘎爹，定制了一件大麻哈鱼皮衣。那是黑嘎爹的荣耀呢。

某日，在俄罗斯远东城市——符拉迪沃斯托克打工的儿子黑嘎回来了，还带回一个漂亮的克罗地亚姑娘，名叫冬妮娅。那姑娘水灵灵的，散发着一股紫罗兰香气。蓝眼睛，黄头发，皮肤那个白呀，跟葱白似的！黑嘎爹慌了，悄悄跟黑嘎说，这怎么行呢——人家洋姑娘怎么住得惯"撮罗子"呢？你们还是去城里吧。黑嘎爹就让黑嘎带着冬妮娅走。可是，冬妮娅说，她就喜欢"撮罗子"，哈拉哨！（俄语：好的意思）哈拉哨！赶也不走。还一声爹爹，一声爹爹地叫着。唉，面对这嘴甜的克罗地亚姑娘，黑嘎爹也真是没办法。

黑嘎和冬妮娅在"撮罗子"里说说笑笑，累了，双双就倒在地铺上睡了。

当晚，黑嘎爹坐在"撮罗子"门口的木墩上，吸了半宿旱烟，枣木杆的烟袋握在手里，铜烟袋锅子都烧热了。吸了一袋又一袋。吧唧吧唧，吧唧。"撮罗子"门口，那团火星，时明时暗。天上的星星倒是清清楚楚，看着黑嘎爹想心事。

吧唧吧唧，吧唧。眼看着头顶上的北斗七星的"饭勺子把儿"都歪了，横竖也想不出个眉目——到底想啥呢？是想起了黑嘎娘？还是想起了别的什么？他自己也说不清。

黑嘎就出生在这个"撮罗子"里，黑嘎娘生他时难产，导致大出血，血液四溅。当黑嘎呱呱坠地，睁开眼睛开始打量这个世界的时候，黑嘎娘却永远闭上了眼睛。

一天晌午，江上的空气很闷。黑嘎爹正划着"威乎"起缆钩，一连起了五个钩了，钩上却是空空如也。怪了，怎么没有一条鱼上钩呢？突然，江对岸的白桦树森林里，传来断断续续的呼救声："救——救命啊！——救命！"是个女人的声音。黑嘎爹丢下缆钩，掉转"威乎"赶紧往对岸划，用力，用力，再用力，最后使劲一划，"威乎"靠了岸。黑嘎爹抄起木桨，疾风般向森林里冲去。

"救——救——救命啊！"接着，是呜呜呜的呻吟声。怎么只闻声音未见人呀？黑嘎爹腾地收住脚步，立时瞪大了眼睛。——只听嗷的一声吼，一只黑熊呼地立在他面前，脖子上的那撮白毛都看得清清楚楚。

那呼救的女人被"黑瞎子"（在东北，黑熊俗称黑瞎子）坐在屁股底下，正痛苦地呻吟着呢。说时迟那时快，黑嘎爹抡起木桨，照着"黑瞎子"的嘴巴狠狠打去——啪！木桨顿时炸成数段，飞入灌丛。而"黑瞎子"疼痛难忍，嗷的一声，逃之夭夭。

黑嘎爹一看，那女人的鼻子被黑熊的屁股坐塌了，成了"朝天鼻"。脸上全是血糊糊，已经奄奄一息，快不行了。黑嘎爹来不及多想，弓腰把女人背到背上，一路小跑着，把女人背回了"撮罗子"。早年间，黑嘎爹在完达山深山老林里采的"还魂草"，这回派上了用场。三天后，那女人醒了。——怎么会在这里？大哥是你救的我吗？一照镜子，发现自己成了塌鼻子的女人。嘤嘤嘤！她大哭起来。

女人老家在四川洪雅，是被人贩子拐卖到乌苏里江边一个屯子里，给一个不能说话的人当媳妇。女人性子烈，知晓真相后，就趁进林子里采蘑菇之机，逃了。哪知在森林里迷了路，却偏偏遇上了"黑瞎子"。嘤嘤嘤！嘤嘤嘤！眼泪哭干了，女人就不再哭了。剩下的问题是去哪里以及怎么活下去。

"你有老婆吗？"

黑嘎爹摇摇头。

"你嫌弃塌鼻子的女人吗？"

黑嘎爹摇摇头。

"那你娶了我吧，我跟你过日子。"

黑嘎爹点点头。

后来，那女人就成了黑嘎娘。她出生的那个村子就叫黑嘎，她想念她的村子。

日子，总得一天一天地过，好是过，孬是过，不好不孬也是过。然而，"撮罗子"里有了女人，那过的日子才是日子呢。

唉，不想不想，怎么又想起这些？黑嘎爹的眼睛有点潮。

黑嘎爹收起枣木杆的旱烟袋，把铜烟袋嘴儿一端往后衣领子里一插，鱼皮烟口袋坠在胸前，当啷着，悠悠荡荡。他干脆把"威乎"的缆绳解开，哗哗哗！下江捕鱼了。

　　黑嘎和冬妮娅在黑嘎爹的"撮罗子"旁边，又搭建了一个更大的"撮罗子"，开了一家江鱼馆，取名"撮罗子江鱼馆"。江水炖哲罗鱼、红烧江白鱼、咸鱼贴饼子、酱烧大麻哈鱼——这四道菜，很快闻名遐迩了。

　　冬妮娅有一双巧手，从江边采来许多野生蓝莓果，找来坛坛罐罐，自己酿制了蓝莓酒，芳香扑鼻。还弄来四箱土蜂，养土蜂割蜜。蜂蜜是椴树蜜，白蜡一样的白，又稠又黏又甜。某晚，竟引来两只"黑瞎子"光顾，围着"撮罗子"转圈圈，企图偷吃蜂蜜。幸亏黑嘎爹早有防备，一则蜂箱外加装了铁栅栏，"黑瞎子"嘴巴根本伸不进去，二则在铁栅栏外面放了几穗玉米棒子，故意让"黑瞎子"偷走。"黑瞎子"得手后，就不再纠缠了。

　　黑嘎和冬妮娅还抢着镐头，在江边开辟出一小块菜田，种了豆角、黄瓜、小葱、芹菜、莴苣、大头菜和西红柿等，应有尽有，自产自用，其乐陶陶。

　　当然，"撮罗子江鱼馆"，人气巨旺，生意巨好。

　　距离不是问题，只要有美味。佳木斯、绥芬河、同江、抚远、饶河、虎林等城市里的许多人特意开车来吃鱼。当然啦，也顺便瞄一眼，那个克罗地亚姑娘——冬妮娅，到底有多漂亮呀！

　　不久，江边戳起了一座移动发射塔，在"撮罗子"里也能上网，手机也有信号了。于是，黑嘎和冬妮娅不但经营着鱼馆生意，也做起了互联网生意，网店名曰"撮罗子网店"。网店里卖得最火的东西，就是大麻哈鱼子酱和椴树蜜，还有就是黑嘎爹缝制的鱼皮制品。订单一个接着一个。黑嘎爹感叹，世道真是跟过去不一样了。

一条江汊子的浅滩上,水流湍急。

一对大麻哈鱼在急流中露出了伤痕累累的脊背,全身暗红。一条鱼的嘴巴咬着前面那条鱼的尾巴,皮开肉绽的身体扭动着,击打着水流,嘭嘭嘭!啪啪啪!冲过了那道浅滩。

突然,一个黑影在岸边的灌木丛中晃了一下,就隐了。接着,灌木丛一阵乱抖,惊起来两只花尾榛鸡(飞龙)——咕咕咕!咕咕咕!双双飞往森林的深处。原来,那个贪吃的家伙早嗅到了大麻哈鱼的气味,在此等候多时了。此刻,它——"黑瞎子"出场了。

然而,出乎意料的是,大树后霍地跳出两个人来,锋利的鱼叉拦住了它的去路。"黑瞎子"嘴里呜噜呜噜地叫着,收住了脚步。那鱼叉并没有伤害它,叉尖上反倒是甩出一穗青玉米棒子,丢在它的面前。"黑瞎子"也出奇地乖顺,叼起那穗青玉米棒子,转头看了看江汊子里的大麻哈鱼,悻悻然离去。

终于,那对大麻哈鱼在一处乱石横生的水域双双停了下来,一个声音告诉它们,此处就是它们出生的地方,此处就是它们的家园。真是令人百思不得其解,它们千里万里逆水而行,历经重重艰难险阻,无数条同类为此丧命,难道要回的家,就是这一堆乱石?就是这几根横七竖八的水草?

啪啪啪!嘭嘭嘭!鱼鳍用力挖着沟槽。——是的,应该就是这里了。

"赶紧叉吧!"黑嘎心急地说。

黑嘎爹说:"嘘!不急。再等等。"

他蹲在水边,掏出枣木杆的烟袋,往铜烟袋锅子里装了一锅子旱烟丝,点燃,吸了一口,吧唧,再吸——吧唧吧唧!——噗!一口烟雾吐出去,立时,有只蚊子蹬蹬腿,一命呜呼了。

嘭嘭嘭!啪啪啪!沟槽开好了!两条鱼的身体挨着身体,互相依偎着，眼神温暖，充满爱意。我们无法知晓，大麻哈鱼之间的肢体动作传递的是什么信号，但可以肯定——它们将在这里产下鱼子，然后在这里死去。

待大麻哈鱼产下鱼子，黑嘎爹站起来，不紧不慢地抄起鱼叉，往水里猛地戳了一下——嗖！一条大麻哈鱼甩到了岸上，又猛地戳了一下——嗖！另一条大麻哈鱼也甩到了岸上。两条鱼并不挣扎，只是嘴巴咔吧咔吧的，一张一合，一张一合。黑嘎上前，把两条鱼装进鱼篓。鱼篓里啪啦啪啦响了两声，就再也没有动静了。

"唉，你媳妇冬妮娅刚生完孩子，需要吃这东西补补！"

"嗯！"

"走，收拾家什。回家。"

"嗯！"

一个扛着鱼叉，一个提着鱼篓。江边小路上，一前一后，两个身影一晃一晃。远处，雾霭中的"撮罗子"，隐隐约约。

蒿草上的露水，忽地就湿透了脚面。接着，愈加嚣张的大雾弥漫开来——罩住了江面，罩住了江汊子，罩住了草甸子，罩住了江边上的"撮罗子"。

一切寂静无声。只是偶尔，大雾深处挤出几声嘶嘶的虫鸣。

大兴安岭笔记

绰尔，蒙古语，其含义有三解：一解，石头多的河流；一解，水急浪大涛声贯耳；一解，穿透之意。

到底何解呢？曰穿峡而过的河流。引申之意，也可释之——经历了困惑和痛苦之后，一切美好如期而至。

——题记

塔尔气

塔尔气，不是塔尔寺。塔尔气，没有寺，也没有塔。

塔尔气是大兴安岭林区深处的一座小镇。一横一竖两条街，街两边也有楼房，也有商厦。商号店铺的牌匾宽大，上面的字一律横着写。近年来，随着镇中心玉溪公园的建成开放，塔尔气的格调略显洋气起来。

玉溪公园里有一处水面阔大的人工湖，与塔尔气河相通。水为活水，鱼翔浅底，水鸟咸集。恣意生长的菖蒲和荷花，暗示着这片水域的野性。玉溪公园里景点多多，有"望海楼""知晨亭""迎风阁"等等，也有草坪灯、洗墙灯、集成灯等亮化设施。最讲究的，应该是公园的大门了——红柱拱顶，飞檐翘角，门匾上书三个大字：兴隆门。字体苍劲，意味深长。此门似乎也寄托着塔尔气人的渴望和期盼。

五亭山是塔尔气的制高点。一座桥把玉溪公园与五亭山连为一体。森林文化浮雕墙,把"大木头"时代,伐木人伐木、造材、抬木、流送、集材、赶爬犁、归楞、装火车等劳动场面,以浮雕画面形式,栩栩如生地呈现了出来。或许,在这面墙上就可以找到林区历史发展的根脉。

塔尔气小镇不过几千号人,不算多也不算少吧。

正是因为有了楼房,有了商厦,有了玉溪公园,有了森林文化浮雕墙,塔尔气人才有了充分的底气和自信。不然,满眼都是高矮错落的平房草屋、劈柴垛、板杖子,那跟屯子有什么区别呢?如今,塔尔气彻底脱去了以往固守的一些东西,已经有了与时代同步的感觉。

"在我们这个地方,你只有不停地奔跑,才能留在原地。哈哈哈!"虽然说是一句玩笑话,但也多少透露出塔尔气人对待生活的态度。塔尔气人不等,不靠,而是积极寻求改变,寻求幸福和美好。

塔尔气跟绰尔什么关系呢?这恐怕三言两语说不清楚。说不清楚也得说,因为不说的话,就更不清楚。绰尔林业局机关所在地就在塔尔气。绰尔不是市,绰尔不是县,绰尔不是镇,绰尔不是村,绰尔也不是什么屯。那绰尔是什么呢?

这么说吧,绰尔不是一个行政概念,它是一个地理概念,绰尔是一条河的名字。因为这条河,当初林区开发时,就把林区局取名绰尔林业局了。

然而,此一时,彼一时。此时,非彼时也。

夜晚,塔尔气的街上空空,路上闲闲,无车,无人。清晨,新的一天开始了——太阳突地跳出那一刻,塔尔气的早市就热闹起来了。沿街蜿蜒几百米,皆为摊位。卖肉的,卖鱼的,卖农具的,卖肥料的,卖苗木的,卖野果的,吆喝声不绝于耳。

为了赶早市,我们起了个大早,哈欠连天,脚步一深一浅,不停地走，眼睛寻寻觅觅。

"刚刚采回来的野果啊！——嘎嘎甜哪！"

终于，我们在黑加仑和蓝莓果的摊位前停住脚步。只见那粒粒饱满的野果还带着露珠呢！怎么好意思讨价还价呢！——这是自然的馈赠啊！全要啦！

蘑菇圈

布封说："所谓文明，就是人类创造的保护自己的围栏。"

然而，悖谬的是，人——现代社会的人——时刻都梦想着冲破这道围栏。

置身大兴安岭林区，我们常常忘掉那道围栏。在这里，布封所说的围栏也许根本就不存在。抑或存在，但已经长成有故事的蘑菇了。

绰尔林业局河中林场，正是采蘑菇的季节。今年蘑菇巨多，林子里尽是蘑菇圈。轰隆隆——几声闷雷响过，蘑菇就醒了，花脸蘑、榛蘑、松蘑、龙须菇、草菇、牛肝菌及各种菌类就争先拱出地面，愣愣地打量着世界，头上还带着乱蓬蓬的草叶、苔藓。其实，蘑菇是有眼睛、有耳朵的，虽然我们看不到，但能感觉到。眼睛忽闪忽闪眨着，就有鸟语从空中震落下来。长长的耳朵，三百六十度探听着，捕获到的岂止是森林深处的声音呢。

通过细心观察蘑菇，也许能完全改变我们对世界的看法。

在森林里，只要向下看，就会不断地有意外和惊喜出现。并非所有蘑菇都能吃的，有的能食用，有的不能食用。能食用的，就是山珍异宝；不能食用的，就是有害的毒物。绰尔的朋友于霄辉告诉我，越是漂亮的蘑菇，可能毒性越大。千万不能被蘑菇漂亮的外表欺骗了。剧毒的蘑菇食用后，能要人的命。据说，早年间，林区的夏季，误食蘑菇中毒致人死亡的事情经常发生。

蘑菇非草非木，它是另外一种有趣的生命形态——菌类。地球上有五百万种以上的菌类，我们能够知晓的仅仅是数量很少的一部分。蘑菇在土壤、腐殖质层、枯木、落叶上生长，它的使命和功能就是消化和分解死去的植被。也可以说，蘑菇是从腐败生物体上创造出的传奇。

在森林里，草木、动物与蘑菇及其菌类是一种共生共存的关系。森林绝对不仅仅是我们看到的那些树，它是一个群落，即便看起来结构相对简单的森林，可能也有成千上万种生物。森林的自我修复能力是强大的，但这种强大很大程度上取决于蘑菇及其菌类的分解力和创造力。当腐败之物行将瓦解的时候，蘑菇将一切消极的能量迅速转化，靠自身的内聚和吐纳，建立起生态系统中新的法则，新的秩序。

因为蘑菇，森林里的腐败之物获得了新生。

蘑菇，并非意味着生命的残局，它恰恰是倒木、枯木、病木等存在于森林中的价值和意义。在阴暗的角落，它昂扬勃发，脆弱中似乎有着更为强烈的东西要冲破一切。蘑菇提醒我们，森林里从来没有剩余物，从来没有所谓多余的荒凉——每一个孤独的灵魂，都在孤独处找到了自己活下去的理由。

苇岸说，世界上的事物在速度上，衰落胜于崛起。我要说不，蘑菇改写了这样的说法——崛起终将取代衰落。蘑菇的生物体结构至今无法破译。它与森林里其他生物体的联系超出我们的想象。一位生态学家说："如果你不知道森林里有什么，你就无法知道什么叫森林生态系统。"然而，我们对森林的了解如此之少，甚至，连哪些蘑菇有毒，哪些蘑菇无毒，都没有完全搞清。没有蘑菇及其菌类，森林中倒下的枯树就会层层堆起。没有蘑菇及其菌类，森林里的生命链条就会断掉，那张我们看不见的"生命之网"就会脱落。

认识蘑菇的同时，也让我们认识到了生命万物的复杂性。

午餐是在河中林场场部吃的。

当地作家何康红把在森林里采来的一袋子蘑菇交给了厨房的师傅烹饪，不一会儿，那些蘑菇就成了餐桌上的一道美味。当然，桌子上的菜都是土菜，每道菜都野性十足。除了蘑菇，还有柳蒿芽、蕨菜、野韭菜、野芹菜、黄花菜等等，或凉拌，或蘸酱，或素炒，均风味独特。"硬菜"是不会缺席的——酱烧嘎鱼，杠香杠香的。呀，咸鸭蛋是双黄蛋，一切两瓣儿，实在是诱人。主食呢，煮玉米，烀地瓜，还有大碴子芸豆水饭。

用林区人的话说——"可劲儿造吧！管够！"

信步河中林场街头，只见家家户户屋檐下都晾晒着蘑菇。有的摊在笸箩里，有的摊在草席上。时不时用手翻一翻，阳光便一点一点地把蘑菇上的水汽吸去了。那水汽就成了天上的云。唉！难怪天上的云朵都像蘑菇呢！

也有很张扬的人家，干脆把蘑菇穿成一个一个的长串，一嘟噜一嘟噜悬挂在架杆上晾晒。微风中，荡荡悠悠，悠悠荡荡。偶尔，有鸟光顾，四下里望望，然后飞快地啄几口晾晒着的蘑菇，就又振翅飞往别处了。

河中林场，其至连空气中也弥漫着蘑菇的气味。于霄辉说："今年雨水好，响雷稠，蘑菇比往年多。年景差不了！"

我不解的是，蘑菇为何就喜欢听雷声呢？没有雷声的季节，它是怎样蛰伏在大地里？怎样蓄积自己的能量？蚯蚓是它的同伴吗？

我们的欲望和念头太多，我们总是企图按照我们的想法改变一切，控制一切，却忽略了自然，忽略了一些微小的事物。其实，布封所说的文明大厦的围栏根本不堪一击，一朵蘑菇就可使其坍塌。

也许，毁灭与创造之间只隔着一朵蘑菇。

人在地球上所做的改变与文明无法分割地交织在一起，如果说控自然就是文明的话，那么对于自然来说，也许它不需要这样的文明。我们是不是应该重新认识文明了——文明关注的到底是人和社会，还是自然和地球呢？

大峡谷

绰尔大峡谷。

"看——老雕窝！"于霄辉用手指了指劈面而立的峭壁说，"老雕窝就在那上面。"峡谷峭壁因岩石风化的程度，时间的演变，以及所含矿物质的不同，而呈现出不同的颜色。有的，一块一块鲜红；有的，一块一块黝黑；有的，一块一块淡紫；有的，一块一块铁灰。观察的角度不同，看到的色彩也就不尽相同。变幻莫测，气象万千。

"哪儿呀？哪儿呀？"我们翘首使劲往上看，在崖壁顶端似乎有一堆柴悬在那里，"那就是老雕窝吗？"

于霄辉笑了，不言语。

峡谷峭壁高一千二百八十米，其上有一处张着阔阔大口的石洞。洞口冷风嗖嗖，寒气袭人。神秘的老雕窝就在洞口上端的石臼里。也许，最危险之处，就是最安全之所。老雕是一种猛禽，肉食性动物。早年间，曾经有老雕栖息在这里，它们捕猎河里的鱼，叼到窝里喂养小雕，也捕猎狍子、飞龙、老鼠、松鼠。老雕窝下端的地面上，骸骨累累，一片狼藉。老雕的影子一旦在空中出现，大峡谷的各个角落，就簌簌地抖动，无数生命各自逃遁了。

大峡谷纵长三十七公里，横宽四公里，最窄处只有一箭地。谷深幽幽，峡谷谷底流淌的河流叫莫柯河，河水平缓，少语寡言。河里水草清晰可见，也有一种唤作"柳根"的鱼集群游动。我们散乱的脚步声，也许惊了它们，它们迅速转身，隐入深水里，只有溅起的水花还在水面泛着涟漪。莫柯河在大峡谷狭口一端注入了绰尔河,汨汨滔滔向东流去。

"丢——溜溜!"老雕的唳声从峭壁上传来。

"丢——溜溜!"

回音缥缈。

远古时期,大峡谷是活跃的火山喷发带,色彩斑斓的遗迹至今尚存。重重堆积的火山石遍布峡谷南侧的山岭。那些蜂窝状的火山石,历经岁月的剥蚀和风雨侵袭,沉默不语。薄薄的苔藓覆盖其上,斑斑驳驳的暗影里时常有地鼠和黄鼬出没。

老雕是绰尔大峡谷里的王。它统治着这片森林,时不时,就有一团恐怖的影子从空中划过。它以这种独有的方式,展露自己的威严。因为老雕,森林里的野生动物种群得到了优化。大峡谷里充满了生命的律动。

树,很多。乔木有兴安落叶松、蒙古栎、白桦、黑桦、甜杨、稠李子,也有灌木红柳、越橘。野果都熟了,黑加仑像葡萄,灯笼果像红豆,刺玫果像火柴头。绰尔大峡谷是如此丰饶啊!枯木也是有的,它们或卧在林间,或躺在荒草中,安然若之。落叶松生长在火山熔岩上,根紧紧抓住能够抓住的一切,并深深扎进熔岩缝隙间,吸取营养,稳固树体。在我们眼睛看不到的地下,建立起复杂的根脉体系。大树长了很多年,年轮叠加着年轮。当大树长到尽头时,就长不动了,坚韧地挺立着。直到有一天,油锯嗡嗡作响,巨大的落叶松一棵一棵倒下,森林里的秩序被喧嚣搅乱了。

"丢溜溜——!"

"丢溜溜——!"

哀鸣声在峡谷里回荡,那只老雕在峡谷的上空久久地盘旋,最后它绝望地向大峡谷看了一眼,那团孤独的影子就永远地消失了。

若干年前,绰尔林区开始实施天然林保护工程,禁止所有采伐行为，给森林以时间，让它充分地休养生息。春去春又来，也许，时间能够改变一切。然而，改变总有原因，要么是恩赐，要么是教训。在时间的进程中，山峦可能被削为平地，河谷可能被切割出峭壁。这里的改变是正向的、积极的。终于，残破的森林渐渐愈合，传奇重现了。

绰尔大峡谷的森林，可能是大兴安岭森林中最具代表性的。也许，它的群落形态不是最完美的，但对于人类而言，它一定是最接近原始样貌、最具典型性的森林。

森林不修边幅，无需照料。厚厚的松针和落叶，遮蔽了山路。是的，它既能毁灭，也能重生。

"丢——溜溜！"

"丢——溜溜！"

听到那熟悉的叫声，令人欣喜不已。莫非那只老雕回来了？还是它的后代又成为了这里新的王？

敖尼尔

傍晚，我们来到敖尼尔林场场部。我们将在这里过夜。我有些兴奋，迟迟没有睡意。房间里的床、桌子和椅子都是用当地松木制作的，有一股我特别喜欢闻的浓浓的木头的芳香——那是一种久违了的味道。

敖尼尔——鄂温克语，意思为兴旺发达的土地。

这里距绰尔河仅有二十余米的距离。入夜，敖尼尔静极了，除了一两声狗吠，没有一点声音。睡下了，又豁然而醒。隔窗望月，浮想联翩。望够了，便又酣然睡去。森林、河流、峡谷、花朵、明月，以及连日来经历的美好事物，一一入梦。

林场职工过去都是伐木工人，禁伐后，成了护林人。除了日常的巡山护林外，家家户户搞起了民俗旅游和林间养殖，收入相当可观。

民宿的房子统一起了一个颇具浪漫意味的名字——河湾人家。家家统一编号,一块蓝色的门牌挂在院门的上方。比如"河湾人家——002号——苑承国"。来旅游的人,多半一住就是十天半月,白天出去摄影,晚上回来歇息。这里有拍摄绰尔河转弯的最佳地点,拍河上的晨雾,拍河水翻卷浪花的瞬间,拍野鸭戏水的场面,等等,美景轻而易举就能拍到。

次日清晨,我们早早起床,漫步到绰尔河的河边尽情地深呼吸。哇!神清气爽!顿时,个个昂着首,挺着胸,像比赛赢了一样。

从河边遥望敖尼尔,河湾人家的房子很有林区特色。墙是白墙,房顶盖着红瓦,门窗涂着绿漆,是那么朴实自然,又是那么富有诗意。何不去林场职工的家里看看呢?何康红带着我们走进林场职工苗亚娟的家里。哈,好宽敞的院落呀!院落的两侧是菜园,种着白菜、豆角、西红柿、小葱、青椒。苗亚娟正忙着做早餐。桌上摆着一屉馒头、一盆小米粥、一碟咸鸭蛋、一碟咸菜丝,还有一盘子手撕烧鸡。她女儿正拿着烧鸡腿啃呢。我笑了,说:"哈,早餐就有烧鸡吃啊!"何康红说:"林区人干活儿体力消耗大,早餐必须吃饱吃好!"

苗亚娟一家三口人,丈夫到林子里巡护去了。苗亚娟家养了二十头牛,在林间草地散放,一头牛年底能卖一万三千元,二十头牛一年能收入多少,算一算就知道了。

苗亚娟是个快言快语的人。她告诉我们,这几年,随着森林生态系统的逐渐恢复,林子里的野生动物越来越多,黑熊吃牛犊子的事件每年都有发生。

"你家的牛犊子被吃过吗?"

"去年一年有五头牛犊子被黑熊咬伤。黑熊是国家重点保护野生动物,牛犊子是我们私有的活物,也应该受法律保护呀!"

"找林场说明情况了吗?"

"找了也白找——场长说,林子里是黑熊的地界,不是牛犊子的地界,牛犊子闯进黑熊地界吃草,本身就侵权了,黑熊吃了白吃!"说完,苗亚娟自己也哈哈哈乐了。

举目满眼绿,移步全是景。敖尼尔的村街两边布满了花坛,花坛里是盛开的菊花和鸡冠花。从那一张张笑脸上,我们能感觉到,林区人是快乐和幸福的。

森林,是林区人的一切。

在这里,自然看起来遵循着丰富、繁茂和多样的原则,就像我们在森林群落中所观察到的那样——森林并未被限制在单一的结构中。森林,几乎没有空白之处,如果有的话也会很快被填满。

于霄辉绘声绘色地讲述道,在敖尼尔,也有野生动物混入牛群的情况发生。马鹿、狍子常跟牛群相伴相随,或者夹杂在牛群中悠然地吃草。有一年春天,林场一位职工家的母猪莫名其妙地丢了,到处找都找不到。次年7月的一天,那头母猪居然自己回来了——还带回了十二头花腰小野猪崽呢。

受此启发,后来林场职工每到母猪发情期,干脆把母猪赶进山林,任其自由行动。只是在林间空地撒些黄豆和盐粒,供母猪与野猪享用。如此这般,母猪欢喜,野猪欢喜。

我忽然想起一段话。

那段话是这样说的:"美德叠加美德,美德就会增长和延伸。美德也能把极端向着中间的方向和缓、冲淡、减弱。美德从观察自然——而且只从自然——开始。"

归因于道德因素的东西,往往也都有自然因素的结果。

是的,生态涵养美德,美德亦能涵养自然无限生机。

林中小语

"山为锦屏何须画,水作琴声不用弦。"

在绰尔期间,林区朋友赵春雨说:"绿色是绰尔的底色,也是最大的财富和后劲儿。从增绿、护绿到用绿,在绿水青山间,绰尔找到了一条生态建设和生态经济的可持续发展之路。"另一位朋友宋永利则说:"绿色发展需要绿色思维。绰尔正在着力打造森林康养基地、森林小镇、森林人家、森林步道等林区品牌,大力发展生态旅游业。相信用不了多久,绰尔林区将成为中国最美的全域旅游目的地之一。"谈话中,我能感觉到,赵春雨和宋永利的语气坚定,充满自信。

林区告别了伐木时代,正在掀开绿与美的崭新篇章。

什么是森林?什么是生态?在我们临别大兴安岭林区的那个晚上,我一遍遍反复问自己,却理不出一个清晰的头绪。答案或许就在绿水青山之间——置身大兴安岭广袤的林海中,倾听着那阵阵松涛之声——这还是问题吗?

森林,需要空间的分布,也需要时间的积累。

一个声音说,自然界中,生物的多重物种,永远好于某一物种内部有多重个体。自然界有自己的秩序。它不必是一个数学秩序,也不必是一个几何秩序,而是一个超越了数学、超越了几何的活生生的秩序。差异和不平等对于秩序来说,是完全必要的。事物的多样性决定了事物的差异性。如此,才能形成一个具有复杂层级和复杂形态的稳定的生态系统。

此言,说的不就是大兴安岭森林吗?

2020年9月6日至7日写于北京

箭 毒 木

穿花格子衫的阿黑背着手,穿着人字拖,吧嗒,吧嗒,吧嗒,在那棵树下绕着圈圈。他的左手手腕上戴着黑褐色的闪着"鬼脸"的海南黄花梨手串。此时此刻,他的心情颇为复杂。阿黑是早晨开车从城里回来的,他的那辆"悍马"停在一片甘蔗地的后边,甘蔗林挡着"悍马",这边看不见。他是有意停在那里的,本来就不想让乡亲们看见。否则,乡亲们以为他是在炫耀什么呢。他可不愿给乡亲们那样的印象。

可是,几天前,阿黑听说城里"梦巴黎"酒店的老板以不菲的价钱买下了那棵树,要把它移植到"梦巴黎"的门前,弄成显赫的一景,就再也睡不着觉了。他急火火给朋友打电话,问这位谋略高手有什么办法。朋友说,什么办法?货币是干什么的?嗯?

挂断电话,阿黑用右手撸下左手手腕上的黑褐色的闪着"鬼脸"的海南黄花梨手串,在手里盘着,盘着,盘着。珠子上的"鬼脸"翻着跟斗,很是诡秘。其实,他的心也在盘着,只不过,心盘的不是手串,而是那棵树。

阿黑果断出手了。他出了比"梦巴黎"老板还高的价钱,让那棵树原地不动。阿黑疯了吗?阿黑没疯。他之所以花巨资买下那棵树,如果不是与"梦巴黎"的老板斗富,那一定是另有原因了。

吧嗒,吧嗒,吧嗒……这会儿,穿着人字拖的阿黑,绕圈圈绕累了，就坐在树下的一块石头上歇息。手串上的"鬼脸"一闪一闪的，他并不理会，眼睛只是静静地看着那棵树。

那是一棵奇崛的树，名曰箭毒木。箭毒木的汁液呈乳白色，剧毒，误入眼中，会导致双目失明。一旦由伤口进入人体血液里呢，那就更可怕了——使心脏麻痹，血管封闭，血液凝固，不消半个时辰，便会一命呜呼了。故此，箭毒木又叫见血封喉，是世界上最毒的树之一。

那棵箭毒木雄踞于五指山下一个黎族村寨的寨口。一次，我到海南行走，顺便去看了那棵已经属于阿黑的箭毒木。那是一棵实实在在的树，蓊蓊郁郁，气象万千。躯干五六个人手拉手才能合抱，树皮是青灰色的，略显粗糙。树枝向南北东西四个方向延展，树势健朗旺盛。树高三十二米，树冠直径超二十四米，树龄超过五百年了。箭毒木的身上有许多泡沫状的疙瘩，树冠三百六十度球体覆盖，犹如一朵巨大的绿蘑菇云浮在半空。

黎族人又把箭毒木称为加布、剪刀树。箭毒木的树叶呈浓绿色，叶脉清晰，叶柄上带有细细的绒毛。春夏交替之际开花，花落之后，结出一个个小梨子一样的果实，秋季成熟时，果实变成黑色。果实味道极苦，不能食用，落到地上经雨水一淋就烂成泥了。阿黑在那棵树下长大，阿黑的阿爸在那棵树下长大。听阿爸说，阿爸的阿爸也是在那棵树下长大的。箭毒木庇护着寨子，庇护着寨子里的一代一代人。大树下，是牯牛躲风避雨的去处，是村民谈天说地的地方。没有电视的年代，村里所有的新闻都来自那里。

箭毒木坚定，稳固，不可动摇。裸露于地表的板状根，如火箭尾部的翼片支撑着硕大的树干。箭毒木的地下根系更是发达。这么说吧，树有多高，地下的根就反向扎多深，并且纵横交错，相互叠加，形成巨大的网状系统。一场强台风过后，遍地哀歌，万木摧折，唯有箭毒木昂昂然，屹立不倒。什么原因呢？这就是根系的作用了。

就像难以量化箭毒木的博大与壮美一样,我们也难以丈量它根系的全部。因为,它的根系之发达,超越了我们的思维和想象。

地下的根系在黑暗里四处延伸,储存阳光,寻找养料,汲取水分,呼吸空气。日里夜里,一刻也不停歇。它把地面上箭毒木所需要的一切,一波一波送上去,送上去。那些根系仿佛长着牙齿,强台风来袭,就死死地叼住,然后一口一口地吞进去,吃掉。连风的骨头也不剩,吃得干干净净。暴烈的台风就怕了,就没脾气了,就软了。

阿黑还专门雇了个阿叔看树,每月工资3000元。

看树的阿叔戴着斗笠,腰里别一把砍刀,每天巡护,尽职尽责。后来,阿黑让阿叔在箭毒木的不远处摆了个摊儿,出售椰子、槟榔、芒果和菠萝蜜。一边看树一边做生意,或者说,一边做生意一边看树。阿黑认为,这样既低调又自然,顺理成章,也免得村民反感,把我们都当贼了。不过,看树的阿叔还真是有点老电影里八路军地下交通员的意思,眼神里透着警觉,总是时不时地往树这边瞄几眼。

阿黑给看树的阿叔配了一部手机,让他每天用短信把树的情况发给他。阿叔发得最多的一句话,就是"今日无异常"。而阿黑呢,每天只有看到阿叔的短信,睡觉才踏实。

我来的那天,特意到阿叔的摊前买了个椰子,喝椰子水解渴。阿叔挥起砍刀,咔!咔!咔!砍那么几下,就在厚厚的椰子壳上砍出了洞洞,往洞洞里插进一根吸管,递给我。他说,小时候的阿黑机灵得像个猴子,就是喜欢爬树。嗖嗖嗖几下,就能蹿到几米高的树上去,摘椰子,摘槟榔……他指了指高大的箭毒木,说,他常在那上面耍,掏鸟蛋、捅马蜂窝,也站在树上恶作剧地往下滋尿,专滋那些打树下过路的"秃头脑壳"。被滋了一头尿的"秃头脑壳"就在树下跳着骂。嘻嘻嘻!我听得入迷,能感觉到,阿黑的童年洋溢着欢乐的气息。是啊,这棵树上有阿黑的记忆。记忆是什么?记忆就是乡愁。而对阿黑来说,乡愁不是什么虚幻缥缈的东西，就是这棵具体的树呀！

我坐在小板凳上，吸着椰子水，咕噜噜，咕噜噜，一时竟忘了该问些什么了。我将椰子放在小桌上，用一片芭蕉叶擦了擦嘴巴，便也学阿叔的样子往箭毒木那边瞄一眼。

箭毒木裸露的板根上拴着一头老水牛，静静卧在树下，享受着午间慵懒的时光。它的尾巴悠闲地甩着，驱赶着蚊蝇。一下，一下，三五六七下，就那么甩着。时间仿佛不存在了，存在的只有这棵古老的箭毒木，以及箭毒木下发生的那些故事。

阿黑才华横溢，写得一手好文章。原本领导赏识他，女同事崇拜他。不料，顺风顺水的阿黑因遭人嫉恨，陷入了一个莫名其妙的圈套里。有口难辩，何况他心已冷，也懒得辩了。无奈之下，阿黑辞职下海。阿黑到底是阿黑，你把他一个人赤条条扔到沙漠里，他出来时照样腰缠万贯，而且还有可能牵回一队骆驼。

仅仅几年，下海后的阿黑就发达了。

人生就是这样，常常充满了玄妙的变数。

那次海南之行，我结识了阿黑。因兴趣相同，我也爱树，阿黑便把我当成了他的朋友。有人说，发达了的人都容易疯，疯了的人做事情就容易离谱。阿黑，莫非你也疯了吗？你买下那棵箭毒木，不是为了炫富？不是为了给自己做棺材？仅仅是为了让它长在那里，嗯？

阿黑不言语。手里盘着那副黑褐色的闪着"鬼脸"的海南黄花梨手串，眼睛直直的，看着那棵树。阿黑没疯，只是树魂儿附在他的魂儿里了。

寨口那棵树，真的有灵性吗？阿黑用右手往上撸了撸左手手腕上那副黑褐色的闪着"鬼脸"的海南黄花梨手串，说："当然。"而整天守护那棵树的阿叔对此更是深信不疑。因为，有三则关于那棵树的传说。其一，1915年，袁世凯登基做了皇帝，刹那间，箭毒木的树叶纷纷凋落。八十三天后，袁世凯一命呜呼时，箭毒木的树叶又恢复如初。箭毒木是常绿阔叶树，叶子怎么能说落就落，说长就长呢？其二，有一年，箭毒木突遭雷击，主干顶部起火，在雨中燃烧了三天三夜后，唰的一声，一道彩虹横空出世，大火骤然停熄。所有人都认为，此树必死无疑了。谁知，转年春天，烧焦的枝干踪影皆无，代之的是新干新枝和满树的翠绿。树，也是深藏着情感的呀，而这种情感释放出来，就可以转化成巨大的力量吗？其三，2004年的某天，村民们发现，有无数的白蚁形成两股巨流，疯狂地往箭毒木上攀爬。次日，印度尼西亚苏门答腊岛附近海域发生强烈地震并引发海啸，夺走数万人生命。箭毒木能感知地震和海啸的信号吗？乌泱乌泱往树上爬的白蚁都变成树体里的毒了吗？

无疑，这三则传说给那棵树罩上了神秘的色彩。

早年间，黎族猎手的狩猎工具是弓弩。弓弩发射时声响小，隐蔽性高，便于偷袭。阿黑听阿爸说，阿爸的阿爸是寨子里最出色的猎手。阿爸的阿爸在每次出猎前，都在那棵箭毒木下，用小刀割破树皮，将渗出的乳白色汁液滴进小罐里，而后把汁液涂在削尖的竹箭头上。狩猎时，一旦毒箭射中猎物，毒性就会迅速发作，致猎物毙命。

黎族谚语："七上八下九不活。"什么意思呢？就是说，被毒箭射中的猎物，在逃窜时若是上坡，最多只能跑上七步；若是下坡，最多跑上八步；无论是上坡还是下坡，至第九步时一准已经没命了。即便正在空中飞翔的鸟，一旦被毒箭射中，也会立刻从空中倒栽下来。

据说，医药专家把箭毒木中的毒素提取出来，用于制作治疗高血压和心脏病的药物，药效令人惊奇。海南的黎族妇女，还用箭毒木的毒汁来治疗乳腺炎，原理还是以毒攻毒吧。

令我意外的是，箭毒木的树皮还能做衣服呢。阿黑曾收藏了一件箭毒木树皮衣，至今完好无损。是阿爸的阿爸那辈传下来的。树皮衣的本色是乳白色，内敛而节制，很轻。阿黑说，从前，阿爸的阿爸狩猎时常穿这种树皮衣，既可防潮又可防毒蛇和蚊虫的叮咬。我用手指轻轻捏了捏，柔柔的，有一种特别的感觉，上面分明散发着岁月温暖的气息。

阿黑说，粗大的箭毒木在海南已经很少见了，所以做树皮衣的手艺也几乎失传了。旧时，黎族人把箭毒木树皮从野外剥回来之后，先用木棍反复捶打树皮，使得树皮纤维和木质分开，然后将树皮纤维浸泡一个月左右，一方面去除纤维中有毒的东西，另一方面使得纤维变得柔软而富有弹性。这样处理过的树皮，做衣服、做筒裙、做毯子、做褥子，还是做别的什么，尽可由人了。

黎族妇女常把树皮衣染成各种各样的颜色，过节或赶集的日子穿出来，却也漂亮极了。

在海南期间，我还去看了另外一棵箭毒木。那棵箭毒木生长在海口云龙镇冯白驹的故居，树龄约有四百五十余年了。是阿黑陪我去看的。那棵巨大的箭毒木树势总体还算旺盛，只是朝东的一根横生的侧枝，不知什么原因，有些干枯了。但仍然扛过了强台风的袭击，风骨凛然。可忽然有一天，那根枯枝掉了下来，摔成几段，碎屑满地，很是悲凉。它一定是夜晚掉下来的，以优雅的姿势在人们的睡梦中壮烈地为自己的一生画上了句号。在最后一刻，它还保持着自己应有的尊严。

那棵箭毒木的树洞空间很大，三五个小孩子在里边玩耍都没有问题。箭毒木四周已经用水泥栏杆围了起来，我向树洞中探探头，终于还是没有进去看看。不过，仰头一望，树冠里有一个硕大的马蜂巢倒是真的。冯文动说，小时候有馋嘴的小鬼爬上树去掏蜂蜜吃，被马蜂蜇得屁滚尿流的情景至今记忆犹新。说着，他开心地乐了。我拉了拉阿黑的衣角，说："那小鬼不是你吧？"阿黑不言语，往上撸撸手串，抿嘴乐了。我跟着也乐了。

不过，乐归乐，我的心里对箭毒木还是怀着恐惧。

据说，韩非子是服毒死的。服的什么毒？是箭毒木的毒吗？不是，箭毒木也不是那么好找的。北方没有，南方也不是遍地都长的。韩非子服的也许是钩吻，估计，当时的样子一定很安详。因为，服钩吻的人中毒后意识始终是清醒的。甚至，呼吸停止后，心跳还能持续一段时间。

钩吻是一种断肠草，在江湖上很知名。金庸的武侠小说里时不时地写到这东西。当然，搞阴谋的人最常用的还是砒霜。砒霜，色白无味，价廉易得。

《水浒传》中武松的哥哥武大郎死于砒霜，心情郁闷的光绪皇帝可能也是死于砒霜。砒霜在水中的溶解度低，容易沉积，因此在水中或者酒中投毒，易被识破。而把砒霜混在饭菜中倒是不易被人觉察。古代检测的方法，是用银针或者银筷子试毒。皇帝用膳时，旁边都搁有一双银筷子，就是干这个的。一道菜上来，用银筷子戳一下，有毒的话，筷子就会由尖部往上迅速变色；无毒的话，就不会变色。（现代医学认为这种验毒方法并不靠谱）瞧瞧，当皇帝也真不容易，吃顿饭，要谨慎小心，验完毒才能开吃。如此一番折腾，还能有胃口吗？没有胃口也得折腾，因为不折腾就有可能被毒死。

甲午战争中丁汝昌是"烧酒吞阿片"以身殉国的。阿片就是鸦片，可使人上瘾，也可使人亡命。鸦片，也是毒呀！

谍战电影或电视剧中，情报人员在紧急情况下往自己嘴里吞的那东西，叫氰化物。指甲盖那么一点点，就能使人几秒钟内毙命，永远封口了。氰化物是世界上致死最快的物质之一，号称闪电毒药。纳粹党卫军和苏联克格勃特工的身上都备有这东西。

箭毒木的毒，奇毒无比，唯有红背竹竿草才可以解此毒。哪里有红背竹竿草呢？生长箭毒木的地方多半都生长红背竹竿草。换句话说，红背竹竿草多生长于箭毒木的周围。大自然早替我们安排好了，它在创造一种毒的同时，把解此毒的东西也备在那里。不过，一般人很难识得，只有黎族"老山里通"才能辨认出来。每每见到箭毒木时，别人仰头朝上望，我则低头俯身在树下寻找。寻找什么呢？红背竹竿草。我唯恐一不留神有人中毒，先找到解毒的东西，就可以放心观赏箭毒木了。可是，寻找了无数次，至今未找到。红背竹竿草到底长得什么样呢？

自然界是一种弱肉强食，吃与被吃的关系。其实，从另一个角度看，自然界还是一种以毒攻毒，以毒克毒的关系。

返京前的那个傍晚，阿黑驱车带我又来到寨口的那棵箭毒木下。朦胧的月光中，他照旧把"悍马"停在甘蔗地的后边，然后我们步行过去。吧嗒，吧嗒，吧嗒。阿黑还是穿着人字拖。他把左手手腕上那副黑褐色的闪着"鬼脸"的海南黄花梨手串摘下来，握在右手中，一边走，一边用拇指一粒一粒盘着，盘着，盘着。暗地里，一个黑影向我们这边警惕地探了探头，就隐了。估计是那个看树人阿叔吧，他真是尽责呀。我和阿黑在那棵树下绕着圈圈，说着一些不着边际的话，东一句，西一句。说着说着就没话了，就哑了。只有一些嘶嘶的虫鸣声，起起伏伏。突然，一只不知名的小动物嗖地从角落里蹿出来，又嗖嗖嗖地蹿到箭毒木上去了。

箭毒木的巨大树冠里，该藏着多少秘密啊！

不经意间，阿黑说了一句令人吃惊的话。说那句话时，他的语调很平静。他说："其实，能看见的毒都不是最毒的，看不见的毒才是最毒的。最毒的东西在灵魂里，看不见。"

网 网 网

网上有悬疑，网上有聚散，网上有生死。

蜘蛛网，是几何与物理的混合物。常见的有圆网、横网、长条网、漏斗网、三角网、华盖网、不规则网。猎物落在网上，立即被粘住。被粘住的猎物都会本能地挣扎几下，一挣扎就会使网颤动，此时，饥肠辘辘的蜘蛛收到信号，便嗖嗖窜过来，开始用钳子收拾猎物，并享用饕餮美餐了。

法布尔说，蜘蛛不是昆虫。蜘蛛就是蜘蛛。自然之妙，在于天不重与——能走者夺其翼，善飞者减其指，有角者无上齿，丰后者无前足。唉，可谓天道不使物有兼焉也。蜘蛛善造网，故无翅，不能翔。这是遗憾呢，还是本该如此呢？

蜘蛛是食肉动物。食昆虫，也食自己的同类，哪怕是自己的亲生骨肉。蜘蛛生命中的头一件大事就是要远离家庭。否则，它就会被吞食。蜘蛛体态异端，面目狰狞。蜘蛛的头和胸都有坚硬的铠甲，是其他昆虫的长矛无法刺破的。大部分蜘蛛有八只眼睛、八条腿。眼睛周围有尖锐的毛刺，防止敌方袭击。它的腿部末端尤其强壮，爪子如同龙爪，长且抓劲儿狠，捕猎如探囊取物。面对体形和力量超大的敌方，它也不惧。它会瞬间喷出毒液和麻醉剂，令其窒息。

人，如果被蜘蛛毒液感染，皮肤会奇痒无比，严重的会溃烂，更严重的会昏迷毙命。某县城一家珠宝店，夜里屡遭盗匪行窃。后来，老板想出一招儿——珠宝店打烊后就挂出一块牌子，上书"有毒蜘蛛巡逻"几个字，自此，这家珠宝店再未发生过盗窃案。看来，盗匪对蜘蛛之毒，也是心有恐惧。

蜘蛛的生存与繁衍全靠那张网。那张网是食堂、库房，也是陷阱、猎场、屠宰场。蜘蛛多将网造在暗处，那是一些不被注意或者是容易被疏忽的角落。于是，那些莽撞的赤脚昆虫，那些行事草率、过于自信的飞蛾，那些涉世不深、阅历浅薄，甚至有些吊儿郎当的蜻蜓和蝴蝶，就成了网上的猎物。

可以说，所有的猎物都是自投罗网的。蜘蛛从不用诱饵诱惑，不使美人计，也不用挖空心思使出什么别的计谋。那张网就设在那里。有时候，一天有二三十只猎物哐当哐当投到网上。有时候，十天半月网上不见一物，空空荡荡。

那张网就那么安静地悬挂着，以时间静待一切。

蜘蛛网无所不在。森林里，草丛中，谷仓间，屋檐之下，残垣豁口，老屋角落，废弃矿场的犄角旮旯，总之，一切容易被疏忽的地方，都可能布设着一张或者若干张蜘蛛网。人在森林或者荒野中行走，经常被蜘蛛网罩住脸，弄得面上、手上黏糊糊的，狼狈不堪。

与其说网是蜘蛛的生存智慧，毋宁说网是蜘蛛的艺术作品。蜘蛛造网的本领是与生俱来的，造网的过程即艺术创作的过程——蜘蛛总是竭尽全力，尽善尽美。丝，全来自它的肚子里。一张网造完到底需要多少丝呢？没人说得清。造网时，它先固定一端，再固定另一端，然后将丝拉紧。经线如此，纬线亦如此。如果造的是圆网，那一定是带有辐线的。辐线并不是杂乱无章，而是均匀排列。相邻的辐线相交时所构成的夹角都是相等的。一张圆网，一般有四十二条辐线。无论是经线、纬线，还是辐线，有东西触之，必粘之。

蜘蛛每天都要抽出新丝去造网或者修补网。

为了使得网的某个部位更结实，抑或是更有美感，蜘蛛会别出心裁加固一个或者几个"保险带"。那些"保险带"有的像英文字母，有的像阿拉伯数字。然而，蜘蛛的这一习性却鲜为人知。

讲一个故事吧。20世纪70年代（正是"深挖洞、广积粮、不称霸"时期），东北某边境，两个民兵在巡逻时，发现了蜘蛛网上呈现的神秘的英文字母——HERE，顿时瞪大了眼睛。然而，两个民兵都不懂英文，不知这些字母组合到一起是什么意思。两个民兵商量了一下，便作出决定，一个原地守候，另一个火速回村里报告。不多一会儿，回去报告的民兵带着民兵连长和一位懂英文的老师赶来了。那位懂英文的老师围着蜘蛛网绕了三圈，然后驻足观察，左看右看，横看竖看，末了，嘴里吐出两个字——在此！

民兵连长：什么？

懂英文的老师：在此。

民兵连长：什么在此？

懂英文的老师：蜘蛛网上的英文字母的意思是在此，在这里。

民兵连长：啊？在此？在此干什么呢？

几个人面面相觑，神情都有些紧张。那位懂英文的老师围着蜘蛛网又转了三圈，没有发现新的蛛丝马迹。民兵连长望着蜘蛛网上的那几个英文字母，沉思不语。接着，他又望了一眼界河那边那个国家，似乎意识到了什么。他围着蜘蛛网也绕了三圈，自言自语，在此，在此，在此会干什么呢？突然，他拍了一下脑门——啊呀！还能在此干啥呀？分明是间谍在此接头啊！他手一挥，四个脑袋便聚在了一起，如此如此，这般这般。

于是，那张蜘蛛网旁边的树丛中，就埋伏下了数双警惕的眼睛。白日，也还算平静。夜里，露珠挂在蜘蛛网上，像排列整齐的珍珠。虫嘶蛙鸣不绝于耳，猫头鹰的叫声比汽车刹车声还要难听，闻之有撕心裂肺的感觉。然而，三天三夜，也未见间谍露面。

第四天清晨，当疲惫不堪的民兵连长打着哈欠从朝露凝重的树丛中站起身来，正要走开时，不经意间发现了网上的蜘蛛抖落露珠，正在拉丝加固"保险带"，恍然大悟。哈哈哈！——原来大家被蜘蛛戏弄了。几个脑袋也都从树丛中钻了出来。民兵连长冲着那几个脑袋沮丧地喊了一句："撤！"

蜘蛛的另一个天性——喜欢倒置，即头朝下，腹部和脚爪朝上才觉得舒服。如果把它置于某个容器中，它不会在容器的底部老老实实卧着。不消半个时辰，打开容器盖子时就会发现，容器里除了空气，竟然什么也没有。怎么回事？蜘蛛会脱身术吗？把盖子翻过来看看——蜘蛛在盖子的背面静静地倒置着呢。

早年间，老北京的天桥艺人变戏法，就有这项表演——"金蛛脱壳"。道具是一张桌子、一个黑瓷罐。黑瓷罐置于桌面上。喧喧喧！铜锣响起，穿长褂的艺人出场。嗨，瞧一瞧啦，看一看啦！穿长褂的艺人绕场一周。第一步，艺人拿起桌子上的黑瓷罐让人看，里面空空的。第二步，将一只蜘蛛放进黑瓷罐里，盖上盖子。第三步，将黑瓷罐拿在手里，摁住盖子晃几晃。然后，将黑瓷罐置于桌子上。嗨，瞧一瞧啦，看一看啦！艺人又绕场一周。第四步，打开盖子（盖子置于桌上），让人看黑瓷罐里面，又是空空的。用长褂的袖子在黑瓷罐里刷几刷，再让人看，里面还是空空的。其实，秘密就在那盖子底下呢，但盖子底下是不会暴露出来让人看的。

蜘蛛的腿极细，唯有肚子永远鼓鼓的。蜘蛛的消化系统具有惊人的能力，它可以把昆虫体内之物溶为液体，然后吸食。蜘蛛饱食一次，可以半个月不用进食，生命体能一点不减。它看起来大腹便便，实际上，那里不仅仅是食袋，更是丝囊。丝囊里的物质，似乎从来就没有穷尽过，需要多少丝就能抽出多少丝。

从一株树上怎么到另一株树上去呢？

蜘蛛首先观察风向与风力，然后择机向对面树上抛出一根丝。在风的作用下，那根细丝的一端，飘忽不定，缥缥缈缈。忽然，那根细丝就缠绕到了对面的树枝上。这边，蜘蛛把端头拉紧，并迅速固定在树枝上。接着，它沿着那根细细的丝，唰！就像溜索一样滑过去了。

如果它想纵身跳下悬崖，也不用担心摔死。它只要抛出一根丝线，那根丝线就会飘飘然然，起到降落伞的作用，使它缓缓着地，安然无恙。

蛛丝具有防腐功能。远远看去，有的蜘蛛网上偶尔有滴里当啷的坠物，随风摆动。那些东西，可不是可有可无的——那是进食剩余的猎物。只有深谋远虑的蜘蛛才会居安思危，积累存货。蜘蛛用蛛丝把猎物一层一层裹起来，挂在网上，留待捕不到猎物时食用。

蛛丝坚韧无比，是钢强度的好几倍。在零下六十摄氏度的极寒条件下，蛛丝仍然保持着良好的弹性。据说，一种叫作生物钢的新材料就是利用蜘蛛丝线的特性研制的。这种生物钢能制造车轮外胎、防弹衣、降落伞，也可制造坦克、雷达、卫星。子弹打不穿，寒冷冻不透，腐败不能侵。

事实上，蜘蛛并非自然界的山贼草寇，也不是手段毒辣专干坏事的恶魔。蜘蛛是重要的标志性生物。蜘蛛及蜘蛛网存在的空间，说明其生态尚未被污染——土壤、水域、草木、空气是安全的。蜘蛛对农药说不，蜘蛛对杀虫剂说不，蜘蛛对除草剂说不。在那张网上，或许，还能看到人与自然关系的另外一些有价值的信息。

蜘蛛是生态链条上的重要一环，它可以控制某些害虫数量，防止灾害发生，使得农田和森林生态系统处于稳定和平衡状态。在这个意义上说，蜘蛛具有控制器的作用。

蜘蛛形象，若"喜"字。在民间，蜘蛛被视为吉祥物，人们称之为亲客、喜子、喜母。旧时，民居门首、窗框或者房梁上出现蜘蛛活动的踪影，有"望喜"之意——暗示着近期家里将有喜事发生。或者婚姻之喜，或者进学之喜，或者晋升之喜，或者出乎意料的天降之喜——或许，这只是人们的一种朴素愿望吧。因为根本无法验证，民间的那些喜事与蜘蛛之间到底有什么必然联系。然而，无论怎样，蜘蛛带给人的，毕竟是喜悦和欢愉。

蜘蛛网之外，也是一张网。那是一张闭上眼睛能看见，睁开眼睛看不见的网。人在网上，日月错位，乾坤颠倒。没有方向，没有尽头。在虚幻和喧嚣的表象下，在速度与空间的矛盾中，人人不可避免地感到了迷茫、不安、凶险、焦虑、孤独、陌生、谎言、欺骗和恐慌的无所不在。因为网，固有的观念和逻辑枯萎凋零；因为网，旧有的生活方式分崩离析。人，置于网上轻易就忘记了自己的起因和传统，甚至对从前的自己也丧失了记忆。

网，到底是什么？该如何描述？

网——社会。

网——自然。

网——你们他们我们。

2021 年农历二月初三写于北京

万掌山木屋

起呀——！起呀——！

在鸟语中，我睁开眼睛，禁不住笑了。

起呀——！起呀——！此鸟何鸟？我哪里能叫出名字呢。万掌山的早晨是被鸟语唤醒的呀。我推开窗子，淡淡的晨雾裹挟着森林里特有的芳香，还有脆灵灵的鸟语扑面涌入木屋。我尽情地舒展了一下双臂，然后进行了一个长长的深呼吸。——新的一天就这样开始了。

我是深夜入住木屋的。连日赶路相当疲惫，一进木屋便倒头酣然入睡。直到这时，鸟语的提醒，我才意识到应该用心打量一番木屋及木屋周围的一切了。这是一座松木结构的本色木屋，长七八米，阔五六米，格调淳朴，野性而实用，隐隐弥漫着松脂的气息。墙面、地板、衣柜、衣架、椅子及屋内陈设均是松木制品。木屋里没有地毯，没有沙发，没有塑料用品，更没有与自然本质及其简约风格背道而驰的奢华。置身木屋，时间变得慵懒而散漫，甚至让人忽略了时间的存在。

站在窗前放眼望去，我所在的木屋对面，就是翁翁郁郁的思茅松林。突然，一条银色的尾巴在我的视野中一闪，接着，三跳两跳，就隐入了森林。那片森林层层叠叠，丰沛而深厚。在云雾缠绕中，恍若仙境一般。我不确定我所面对的事物，哪一件更令人惊叹——是与森林缠绵的云雾，还是隐藏在它下面的秘密？

我分明看到，那些铁臂般的树枝，伸向不同的方向，把速度和时间完美地结合在一起，在与其他植物的合作与冲突，妥协与抗争中，构建了一个属于森林自己的奇妙世界。

起呀——！起呀——！高高低低的鸟语，清脆悦耳。

木屋门前，是一条小溪，汩汩流淌，欢唱不疲。溪里有大脑袋的小蝌蚪摆着尾巴，也有无名的浮游生物戏水，上下窜动。偶尔，三五只蜜蜂飞来，落在水草上，先是濯面沐爪，然后翘起臀部痛饮一番。——难道万掌山的溪水是甜的吗？

万掌山，一山生出数山，仿佛美人手掌相叠，灵动旋转，翩翩舞之。其名，也是由此而得吧？万掌山林场场长陈文解告诉我，早年间，万掌山不过是一个名不见经传的林场，人们以伐木为业。由于长期过度采伐，导致森林资源枯竭，经济陷入危困。20世纪90年代，万掌山林场彻底告别了伐木时代，转入生态保护和生态修复新时期。伐木人成为了种树人——一年又一年，种树不止，造林不歇。最初种植的思茅松，如今已长成参天大树，聚气巢云。

若干年前，亚太森林组织培训基地落户于此，万掌山渐渐闻名遐迩了。亚太森林组织为万掌山及万掌山人带来了新的思维和新的理念。思茅松林下种植石斛、白芨和金线莲，有效利用了林地空间，并尽可能创造出了最大效益。石斛是一种兰科植物，腐殖质层上，与蘑菇及其菌类相伴相生的鼓槌石斛、铁皮石斛、金钗石斛，大大提升了森林的生态价值和经济价值。

万掌山，有森林二十八万亩（万掌山位于云南普洱境内，有天然次生林，也有人工林），除了思茅松居于森林主体地位外，奇木、奇果、奇花、奇草亦分布多多。森林里，思茅松是当然的顶级群落；次之是刺栲、红木荷、红梗润楠、窄序崖豆树、格木、桃花心木等阔叶群落；再次之，是灌木、草本植物和凋落物及腐殖质层。森林里充满生命的律动、灰叶猴、水鹿、黑麂、野猪、白鹇、彩鹬、圆鼻巨蜥等野生动物出没其间。森林,并非单指那些乔木、灌木。那些跳跃的生命,那些飞翔的翅膀,那些我们的眼睛看不到的微生物,以及隐藏在腐殖质层里的细小的生命个体,也都是森林群落的重要组成部分。

在木屋里,就森林的整体性问题,我与亚太森林组织秘书长鲁德交谈时,他说,从生态学角度来说,森林整体大于个体相加之总和。森林体系是一条链子,并且是自然的链子,在任何情况下,只要一个环节出现断裂,就会使整条链条发生混乱。生态系统的稳定和平衡,是确保森林秩序和生物链条在动态中不发生混乱现象的控制器。

起呀——！起呀——！

鸟语之声不时冲断我们的谈话——我们相视一笑,话题继续——"如果说一切动物,包括人,是一个生命共同体的话,那就没有哪个物种能够只是为了它单独的利益而存在。"——这位长期从事世界森林研究的国际组织秘书长说。是的,在森林中,单独的树可能失去自己完美生长的某些机会,但是它们会彼此相助以保证继续生存的条件。森林腐殖质层得到保持和荫庇,其肥力所需要的微生物、真菌不会枯竭,也不会被冲走,更不会自行消失。一片森林就是一个相互依存的组织,一个可靠坚韧的整体。

森林的完整性体现在,每一个缝隙都被适得其所的生物占据着,在周而复始的生物演化过程中,没有任何东西是无用的。每一片腐烂的叶子、树枝或者须根都会有独特的作用,且都会聚集在森林的整体中,而不是游离在整体之外。

在万掌山森林中,有许多倒木、朽木静静横躺在林地上,但是,万掌山人并不清理它们,而是任由它们被日晒雨淋,任由它们被岁月剥蚀。一年两年,九年十年,二十年三十年,没人去动。此时,我看不到倒木和朽木下的细节,但我知道,细节里一定是另一个喧腾的世界——

那是鸟类、松鼠及其他小动物的栖息地——在那里它们躲风避雨，繁衍后代。虽然我看不到细节，但却能感受到森林整体影子的存在，某种生态思想和理念的存在。

森林可能是不完美的，正是由于缺憾的存在，从而能够在其任何部位，或者整体上接受竞争性的改进和完善。也许，这种不完美只留置了有限的空位，这就进一步增加了生物冲突的可能性。空隙很快就会被强势的植物填满，处在边缘的高大乔木，也会借机把树冠延伸过来，从低矮植物的头顶夺走阳光。

然而，一切和谐均来自冲突。

冲突必然导致失衡。而失衡，与其说是森林由于某种原因而引起的一种急剧的散乱变异，不如说是森林在选择过程中所需要的一种方式。森林有其多样化的结构和复杂性——没有巨大的复杂性，就不可能形成生态系统，就不可能创造生命，就不可能创造传奇。

起呀——！起呀——！

木屋外的鸟语时断时续，但我始终未见到那只鸟的身影。也许是一只，也许是若干只。

我忽然就想起了梭罗的木屋，想起了瓦尔登湖。

此时此刻，我是在逃避什么，还是在寻找什么？——在这个洗心润肺的早晨，我自己也说不清了。

在瓦尔登湖岸边的木屋里，梭罗生活了两年零两个月零两天，并写出了影响世界的《瓦尔登湖》。我见过梭罗的多幅小照，给人感觉他是个不合时宜的人——从来没有穿过笔挺的西装，卷曲的黄色头发乱蓬蓬的，鸟巢一般盖在一双睿智的眼睛之上。他用自己的行动静静地埋葬了四个字：穷奢极欲。

梭罗没有到过中国，没有到过万掌山。我去过美国，却没能造访他的木屋，甚是遗憾。不过，那座全世界的人都知晓的木屋，早已不是当初的木屋了。可是，那又有什么关系呢？要知道，从那座木屋里产生的思想至今还在影响着我们。

梭罗说，人只有从物欲的泥淖中挣脱出来，才能保持尊严，获得自由。他还说，人要忠于自己，遵从自己心灵的召唤，恪守理性、品德与良知，为此应不惜付出一切代价。生命十分宝贵，不应只为了谋生而无意义地浪费掉。人不应过多地追求妨碍人类进步的奢侈品，应该向生命本质的深层迈进。简单生活本身并不是目的。在梭罗看来，人的发展绝不是越来越多地占有物质财富，而是精神生活的充实和丰富，是人格的提升。

毕竟，万掌山的木屋不同于梭罗的木屋，无论是外观、建筑材料，还是里面的设施以及舒适度。然而，谁又能说它们的本质不同呢？

起呀——！起呀——！

叫着叫着，木屋周围就静了，就沉寂了。可是，仅仅一会儿，那叫声又响起来了——起呀——！起呀——！

在万掌山，木屋既是现实的居舍，也是一个符号，一种象征。它代表着人对森林的一种新的认识和理解，也代表着人对自然的敬畏和尊重。人与自然的关系，不是对抗和征服，而是一种回归和融入。万掌山木屋提醒我们——自然是生命的共同体，人也归属其中。

起呀——！起呀——！

起呀——！起呀——！

辑三 人物素描

醒来的森林

他的名字好记，巴勒斯坦去掉一个字，就是他的名字。

北京的书店，我只去三联书店。巴勒斯的那本小书，是我从三联书店地下一层的书架上意外淘出来的。猫腰撅腚的，颇费了番功夫。

巴勒斯是美国19世纪的生态文学作家，以写鸟著名。他的作品多是以美国东部的卡茨基尔山脉为背景，代表作《醒来的森林》被誉为生态文学的经典之作。美国总统西奥多·罗斯福说，他自己是看着巴勒斯的书长大的，他的生态思想源于巴勒斯。

那就对了——巴勒斯说，他的使命就是把人们送往大自然。

2003年，我访问美国犹他大学时，接触过的一些美国人中，知道巴勒斯及其作品的却并不多。这真是一件奇怪的事情。不过，这不要紧，虽然人们忘记了巴勒斯的名字，但他的思想却深刻影响着美国，乃至世界。

我在三联书店淘到的那本小书，正是《醒来的森林》。书中有一节对鹰的描述。他写道："鹰的飞翔是一幅动中之静的完美图画。它比鸽子和燕子的飞翔给人以更大的刺激。它翱翔时所付出的努力，人的肉眼很难观察到。那是力量的自然流动，而不是它有意在利用力量。"我曾在电话中，把这段话读给一位心绪不佳的好友听。过了一会儿，他回电话说，他决定了——他明天要去野外观鸟。

过去，我一直认为，蜂蜜是蜜蜂从花蕊中采集的。读了巴勒斯的书，才知道并非如此。蜜蜂从花中采集的只是甘露，由甘露到蜂蜜需要一个转化的过程，蜜蜂通过减少甘露水分并加入一小滴蚁酸，才产出蜂蜜。

蜂蜜是蜜蜂的产物，不是花的产物。但是，蜂蜜能反映蜜蜂所处的环境以及超越其环境的某些东西。——我不知道，我这样的表述是否准确。

巴勒斯说，蜜蜂是真正的诗人，是真正的艺术家。

巴勒斯外表粗犷，如同森林中裸露的老树根，久经风霜。1837年，巴勒斯生于纽约卡茨基尔山区的一个农场，他当过农民、教师、专栏作家。他一生的著作有二十五部，大都是描写自然和鸟类的。巴勒斯还做过多年的金库保管员，工作是寂寞而枯燥的。在漫长而无所事事的岁月里，他面对铁墙写作，并在写作中寻求到了慰藉。他说，他书中的阳光要比纽约和英格兰的阳光灿烂得多。

1873年，离开了金库的铁墙之后，巴勒斯来到了哈得孙河的西岸。他说："那满架的葡萄要比金库的美钞更令我满足。"巴勒斯在哈得孙河西岸购置了一个九英亩的果园农场，并在那里亲手设计和建造了一幢石屋，被称为"山间石屋"。他在那里过着农夫与作家的双重生活，他手中的工具除了锄头、望远镜，就是笔了。诗人惠特曼在给友人的信中写道："巴勒斯掌握了一门真正的艺术——那种不去刻意追求，顺其自然的成功艺术。"

巴勒斯的"山间石屋"，吸引了众多热爱自然的人。当时的总统西奥多·罗斯福、发明家爱迪生、"汽车大王"福特、诗人惠特曼均到过他的"山间石屋"做客。

"山间石屋"几乎成了19世纪美国生态文学的象征符号。

巴勒斯去世后，美国设立了巴勒斯纪念协会，"山间石屋"作为历史遗产被保护起来。在美国,有十一所学校以巴勒斯的名字命名。

"他把自己像种子一样播撒在那片土地上,他的心境和感情与那片土地息息相关。砍那些树,他会流血;损坏那些山,他会痛苦。"

《醒来的森林》的价值和意义,就在于它不仅仅是描述了众鸟归来的情景,更多的是唤醒了人们对自然的爱和善待自然的态度。巴勒斯不是自然之外的旁观者,他把自己融入了自然,使其成为自然的一部分。在写作的过程中,巴勒斯实现了心灵与自然的沟通。

梭罗的意义

我一度忽略了梭罗。

是徐刚提醒我注意梭罗和他的《瓦尔登湖》的。徐刚说："你要读读这本书。"说这句话时，徐刚似乎是漫不经心的，但我能听出那话中特别的意味。

那是20世纪90年代的事情了，在徐刚的家中。当时徐刚居于团结湖北头条一栋居民楼内，书房曰"一苇斋"。那天上午，徐刚的兴致很浓，一边喝着刚刚下来的新毛尖，吃着火焙花生，一边谈着梭罗。我几乎没有插话，只是倾听。

不久，我的案头便有了一本绿皮儿的《瓦尔登湖》。译者是徐迟，就是写出《哥德巴赫猜想》《地质之光》的徐迟。徐刚是我的长辈（私下里，我戏称徐刚为"老爷子"），而徐迟是徐刚的长辈，且是本家，至于有没有亲戚关系，我未问过徐刚，徐刚也未说起过。

徐迟是我敬重的报告文学作家。只是不明白，是什么动因促使徐迟动笔翻译《瓦尔登湖》的呢？而且翻译的时间是1949年，那是中华人民共和国成立的年头啊！刚刚砸烂了一个旧世界，百废待兴，百业待举，谁有心思顾及生态问题呢？徐迟显然是个超越了时代的人。

初读《瓦尔登湖》时，我颇感费劲——文字有些疙疙瘩瘩，像米里的沙子没有完全淘干净，时不时地硌牙。我甚至产生怀疑，这是徐迟翻译的吗？但读了序后断定，这的确是徐迟翻译的。也许，徐迟太忠实于原文了。或者，另有原因。

然而，不论怎样，《瓦尔登湖》都是生态文学的一座丰碑。

我见过梭罗的一张小照。给人感觉他是个不合时宜的人——从来没有穿过笔挺的西装，卷曲的黄色头发乱蓬蓬的，鸟巢一般盖在一双睿智的眼睛之上。他要用自己的行动静静地埋葬四个字：穷奢极欲。他说，人只有从物欲的泥淖中挣脱出来，才能保持尊严，获得自由。他还说，人要忠于自己，遵从自己心灵的召唤，恪守理性、品德与良知，为此应不惜付出一切代价。生命十分宝贵，不应只为了谋生而无意义地浪费掉。人不应过多地追求妨碍人类进步的奢侈品，应该向生命本质的深层迈进。

面对最严峻的生态问题，梭罗的语调也是平静的，但他平静的内心和眼神中却充满了力量。在《瓦尔登湖》里，梭罗反复呼吁："简单，简单，简单吧！""如果我们愿意生活得简单而明智，那么，生存在这个地球上就非但不是苦事，而且还是一种乐事。"如果我们能够使生活简单化，那么，"宇宙的规律将显得不那么复杂，寂寞将不再是寂寞，贫困将不再是贫困，薄弱将不再是薄弱。"

他宁愿坐在南瓜上劳作，也不愿坐在天鹅绒地毯上空谈。他也垂钓，但他钓的不是瓦尔登湖里的鱼，而是满天的繁星。

简单生活本身并不是目的。在梭罗看来，人的发展绝不是越来越多地占有物质财富，而是精神生活的充实和丰富，是人格的提升，是在人与自然越来越和谐的同时，人与人之间的关系也越来越和谐。他呼吁人类尽可能地简化物质生活，获得精神生活的最大丰富。追求简单生活的品质，是自然诗意的复活与体验，回到自然本身中去，回到事实本身中去……顺其自然的心境，追求自然诗意化所进行的物质生活，注定是以精神品质的提升为目的，却不以纯粹追求物质化的占有为目的，这才是生命的要义。

徐刚告诉我，梭罗的《瓦尔登湖》曾经对他的生态文学创作产生过重要的影响。实际上，不仅是徐刚，在中国，《瓦尔登湖》还影响了另外两个人——一个是海子，一个是苇岸。

我与海子相识于20世纪80年代，称他"小渣"（海子原名查海生，他的个子不高，鼻头上好像永远冒着汗珠）。1983年，当海子从北大法律系毕业，分配到中国政法大学《校刊》做编辑时，我刚好入校。我担任中国政法大学法律系团委宣传部长后，发起并成立了诗社，担任诗刊《星尘》主编，海子经常给我们的《星尘》投稿。他的《新娘》《亚洲铜》等，最初就是发表在《星尘》上。后来，有同学告诉我，在我主持的一次诗歌讲座上，海子爱上了我们年级的一个从草原来的女生。不过，那时的海子从未说过他喜欢《瓦尔登湖》。

大学毕业后，我很少写诗了。有一次，回母校办事，在从学院路发往昌平的学校班车上（中国政法大学有两处校区，一处在学院路，一处在昌平），我见过一次海子。当时，满脸络腮胡子的海子，眼神有些忧郁。他说他已不在校刊，而到政治系教自然辩证法了。两年后，听说海子在山海关卧轨自杀。自杀时身边带了四本书，其中就有一本《瓦尔登湖》。海子的死至今仍是个谜，那么热爱自然、热爱生活的海子怎么可能自杀呢？当时我们的关注点是海子的死因，却忽略了《瓦尔登湖》。

前不久，一位出版界的朋友告诉我，写《大地上的事情》的苇岸，是从海子处知道《瓦尔登湖》的，他一连读了两遍，甚为喜爱。苇岸自己是这样写的："当我读到梭罗的《瓦尔登湖》，我的确感到我对它的喜爱超过了任何诗歌。这就是我在诗歌路上浅尝辄止，最终转向散文写作的原因。"苇岸从诗歌写作转向散文写作，梭罗成为苇岸散文写作的重要精神源头之一。《瓦尔登湖》虽是诗质的，但形式是散文，所以相较海子，《瓦尔登湖》对苇岸的影响更深，也更持久。《大地上的事情》

共有七十则，其中至少有两则是写梭罗的《瓦尔登湖》或与梭罗有关的。苇岸还写了三篇回忆和怀念海子的文章，其中有两篇也写到《瓦尔登湖》。

梭罗四十四岁时，死于肺病。在世时，梭罗特立独行，甚至与政府对抗，是个颇令当局头痛的人，而今天，他的精神已经深深地渗入到美国文化中，并成为了一种时尚。是的，千疮百孔的地球，正需要用梭罗的精神来医治啊！

1999年春天，三十九岁的苇岸死于肝癌。苇岸是这个时代少有的有信仰的作家。他的死，以及他对《瓦尔登湖》的推崇，再次让文学界认识到《瓦尔登湖》的价值。近年，随着生态文学作为一种独特的文学现象在中国文坛的崛起，《瓦尔登湖》逐渐热了起来。

我想，如果梭罗仅仅给我们留下一个另类男人在林中生活的记录，或者说他仅仅退隐到森林之中，在那儿发泄一通他对社会的不满和抱怨，甚至说，如果他想把这两者都合到一本书里，那么《瓦尔登湖》就不会有这一百年的生命。

如同生态一样，生态文学是没有国界的。季节由春天开始，经历了夏天、秋天和冬天之后，又回到了春天。终点又是起点，万物开始复苏，新绿睁开了眼睛。一个多世纪以前，梭罗在美国种下的树苗，谁也没有想到，在21世纪的中国，竟结下了硕果。

徐刚在读《瓦尔登湖》后，写道："夜晚，在台灯下面，静静地读《瓦尔登湖》这本静静的书，一切喧嚣都变成了过眼云烟。心中只有圣洁和美丽。"

这，也是我想要说的。静下心来，我还要读一遍《瓦尔登湖》。尽管，徐迟翻译的文字有些疙疙瘩瘩。

屠格涅夫

屠格涅夫没有来过中国。眼窝很深的屠格涅夫是写大自然的高手。

我是在京郊南部一个叫黄村的地方重读他的《猎人笔记》的。黄村的春天,是在西瓜藤开出黄色的花花之前来到的。——在特殊的环境和氛围中读书,总会有特别的惊喜。我读的那个版本,是丰子恺先生翻译的。"再没有比屠格涅夫笔下更美丽的大自然了。"

俄罗斯的森林和草原唤醒了屠格涅夫的感官和心。一个人在谛听大自然时就会变得善良起来。"如果你不如意,那就叹口气,别让痛苦憋死你。"写出《最后一课》的都德说:"这叹息,不断重复的叹息,使得《猎人笔记》成了另一本《汤姆叔叔的小屋》,只是没有那么多的夸张和呼叫。"

同其他国家一样,19世纪的俄罗斯尚未暴露出生态问题。那时俄罗斯的大自然还是一片松软的、再轻的脚步也会留下痕迹的土地。上面的一切都是新的。然而,那时的贵族如同我们现在的头脑和我们的肢体一样不喜欢出门。屠格涅夫是个例外,他喜欢打猎,喜欢走向自然。即便客居法国时,他仍然保持着这一习惯。我是怀着极其激动的心情读《猎人笔记》的,屠格涅夫对麦子、灌木丛、白桦、扁角鹿、松鸦、黑熊的描绘是细致入微的。然而,他对大自然的爱,对大自然变化的理解,又不仅仅限于描绘。屠格涅夫的多种感官彼此之间都门户敞开。"身心充满了田野的气味,流水的声音,天空的明朗;他不带任何流派的偏见,让自己被自己的感觉奏出的管弦乐所陶醉。"

也许是小的时候我家也有杆猎枪的缘故,我对屠格涅夫第一次打猎的场景描写印象极深。"前面是一个小水塘,旁边是一片墨绿的森林,水塘就像翠玉一般明亮,水里是一群悠闲自得的鱼儿,水面漂着一群漂亮的野鸭,在水中嬉戏。"如诗如画般的文字,让人如临其境,心旷神怡。

就其主题而言,《猎人笔记》还算不上生态文学作品,因为它的主题是批判农奴制,而非为俄罗斯的自然请命。生态文学是具有自觉生态意识的文学,它反映的是人与自然的关系,它把人类看作是自然的一部分。作家与作品永远受时代的局限。在作品中,屠格涅夫甚至写道:"带上枪和狗去打猎,就本身而论,是件绝妙的事。纵然你本身不是猎人,但你总是爱好自然和自由的。"

虽然屠格涅夫的作品中未有明朗而强烈的生态意识,但字里行间还是有些隐隐约约的影子。"在草茎上、麦秸上,到处都是秋蜘蛛的丝,一起一伏地闪烁着。我哀愁起来,冬天的恐怖悄悄地逼近了。老鸹用沉重的翅膀划破空气,从我的头顶高高地飞过,又转头斜看了我一眼,接着就向上飞升,断断续续地叫着,隐没在树林的后边了。"

文中的哀愁和恐怖意味着什么呢?

现实中的屠格涅夫,终身未娶,却情寄女歌手波力娜。屠格涅夫二十五岁认识波力娜时,波力娜已经结婚,且婚姻美满。他在给波力娜的信中写道:"我愿是地毯,永远铺在你的脚下。"然而,他对波力娜的爱注定没有什么结果。后来,在狩猎时他遇上的一位磨坊主的女儿,也令他心仪。他曾问那磨坊主的女儿:"你希望我送你什么?"那个美丽的姑娘脸红了,回答:"你给我从城里捎块肥皂来吧,好让我把两只手洗得喷香,你可以像吻贵夫人那样吻我的手。"

屠格涅夫是不是真的给她买了肥皂呢？不得而知。

写自然的高手，写人物的笔力也不软。《猎人笔记》中叶尔莫莱是个有特点的人物。他软弱可欺，连奴仆也看不起他。他的左腮帮比右腮帮大，因为他拿的是一把后坐力很大的旧猎枪，他总是把枪托靠在自己的左腮帮上，就这样，左腮帮就变大了。他每个月都得为主人打二十只松鸡、十只野鸭。他自己的弹药袋用绳子分成两份，一边装弹药，一边装野味。他从来不买新袋子装野味，尽管他打的野味换的钱足够他买许多个新袋子了。他在别人面前受欺负，可在老婆面前却老是凶巴巴的，每次都大声喊叫，直至他老婆把最后一分钱给他买酒喝掉为止。

不难看出，沙皇农奴制度下的人性是压抑的。

压抑得愈久，反抗愈是强烈。远离也是一种反抗。也许，这就是屠格涅夫走向自然的真正原因。

在浮躁和喧嚣的状态中，是读不了屠格涅夫的作品的。屠格涅夫的叙述节奏很慢，他是说给我们听的，开始时总是说得很困难，不够明确；接着一道阳光，一个决定性的字眼儿穿过，云雾突然消散了。都德说，他向我们描述的俄罗斯，不是历史上那个人云亦云的有伏尔加河流过的俄罗斯，而是一个麦子、花朵在骤雨下孕育的、夏季的俄罗斯，有着茂盛的青草和嗡嗡的蜜蜂声的可爱的俄罗斯。因此，正如我们在听人讲外国故事时，必须把它们安置在一个地方，配上熟悉的风景做框子一样，他的故事中出现的生活，就像被阿拉伯人的茅屋包围着的阿尔及利亚领地里的城堡主的生活。

虽然《猎人笔记》还不能归为生态文学的代表之作，但可以肯定地说，它堪称19世纪俄罗斯文学景物描写的巅峰。森林春夏秋冬的景致与变化，在屠格涅夫笔下漫不经心地呈现出来了。托尔斯泰在谈到屠格涅夫描写景物的高超手法时说："这是他的拿手本领，以致在他以后，没有人敢碰这样的对象——大自然。两三笔一句，大自然就散发出芬芳的气息。"

不仅仅是视觉上的愉悦——从屠格涅夫的作品中，我们还可以得到智慧、美感和力量。

戈　尔

戈尔是个美男子。

全世界很多成年女性都这么认为。在他竞选美国总统的那些日子里，多少人为他如醉如痴啊！坚挺的鼻梁，炯炯有神的眼睛，举止是那么有风度。

然而，戈尔却没有成为美国总统。对他来说，竞选的失利，无疑是个沉重的打击。无数的选民为他流下热泪。戈尔毕竟是戈尔，他并未自暴自弃，而是幽默地说了一句："我是戈尔，曾是下届美国总统。"而后，他挥了挥手，就继续为人类的环保事业奔走呼号了。

戈尔坚信，思想的力量比政治的力量要大得多。做不成美国总统，就去做世界环保运动领袖吧。他的身影出现在非洲热带雨林，出现在撒哈拉沙漠，出现在拉丁美洲水污染的现场，出现在废气弥漫的某个角落……戈尔用自己的行动赢得了全世界的尊敬。

他多次访问中国，曾在清华大学做过演讲。那天，清华的朋友打手机邀我过去，我却因为在外地出差而未能到现场一睹戈尔的风采，不能不说，这是个小小的遗憾。不久，我便读了戈尔为卡森的《寂静的春天》中文版写的序言。20世纪80年代，我读《寂静的春天》时，感觉到那是一本重要的书，但并不知道重要到如此程度——戈尔写道："《寂静的春天》犹如旷野中的一声呐喊，用它深切的感受、全面的研究和雄辩的论点改变了历史的进程。"他接着写道:"如果没有这本书,环境运动也许会延误很长时间,或者现在还没有开始。"尽管肤色不同,语言也有障碍,但思想却是相通的。戈尔写的序言,让我重新认识了《寂静的春天》的价值和意义。

早在20世纪70年代,身为议员的戈尔便负责召开美国国会第一个有关气候变化方面的听证会。从那时起,戈尔就树立了坚定的生态理念,抨击使用有毒污染物和肆意排放二氧化碳的行为。当然,那时人们的环保意识还很淡薄,甚至他在1992年竞选美国总统时,因为谈及温室效应,老布什讥讽他完全脱离美国的生活实际,嘲笑他是"臭氧人"。

布什父子给戈尔带来的从来都是厄运。

戈尔虽是一个坚定的环保主义者,但决定政治的不是环保,而是利益。在2000年的总统选举中,他声称要限制煤炭工业的发展,以优化环境,因为煤炭工业大量直接燃烧原煤是造成大气环境污染的重要原因。但这样一来,西弗吉尼亚州的选民纷纷转过身去。因为该州煤炭工业发达,限制煤炭工业等于断送了资本家的财路。结果该州的五张选票都投给了小布什。戈尔的落选是注定了的。

落选就落选吧,戈尔忙着呢。演讲、著书、拍电视纪录片,戈尔有许多事情要做。他的《濒临失衡的地球》一书被美国主流媒体称为"划时代的著作",获得了美国肯尼迪图书奖。他投资并参与拍摄的《难以忽视的真相》以纪实手法,展示全球变暖的巨大危害。该片于2007年2月获得第七十九届奥斯卡最佳纪录片奖。2007年10月12日,瑞典皇家科学院诺贝尔奖评选委员会宣布将2007年度诺贝尔和平奖授予戈尔。

功成名就,戈尔该歇歇了吧。偏不。

戈尔把目光投向了全球气候变暖问题。近一百年来,全球气温经历了冷—暖—冷—暖的波动,总体呈上升趋势。全球变暖的主要原因是人类在一个世纪以来大量使用矿物燃料,排放大量温室气体。其后果是全球降水量重新分配,冰川和冻土消融,海平面上升。"未来的孩子们,在室外还能吃成冰淇淋吗?"在联合国的论坛上,戈尔向各国的政治家们大声发问。

戈尔的笑容越来越少,心情越来越沉重。

在我未到场的清华大学的那次演讲中,戈尔说:"最危险的不是我们未知的东西,而是我们一直以为正确,然而却并非如此的事情。"

也许,戈尔的话,并非危言耸听。

我不知道,我们该不该向戈尔致敬。

理由时代

我是在报告文学《从吴起开始》作品研讨会上见到理由的。当时傅溪鹏老师说,理由也来。我以为,他只是说说而已,没准有个理由,理由就不来了。我和傅溪鹏老师正说着话呢,理由就悄悄走进会场,坐到了摆着理由名签的座位上。他外穿一件立领的浅绿色夹克,里边是黑色的羊绒衫,样子特别儒雅。别人发言时,他几乎没怎么抬头看——他一直在埋头看《从吴起开始》。散会之前,傅溪鹏老师指名让他讲讲。他没有推脱,便慢条斯理地讲了起来。他说,他是刚刚一口气读完的。他说,近些年,已经很少有让他一口气读完的报告文学了。我听他说这番话时,心里一阵感动。当晚,我给他发了条短信:"感谢理由老师的鼓励!"他很快回复:"青松好!由衷为你写出好作品而高兴。"结识了理由,是我在这次研讨会上的一个重要收获。

当年的理由光彩夺目。

20世纪70年代末期,就在徐迟的《哥德巴赫猜想》发表后不久,理由就写出了轰动一时的《扬眉剑出鞘》。当这篇报告文学的主人公栾菊杰成为无数青年人偶像的时候,理由又迅速地沉潜下去,接连推出了《痴情》《倾斜的足球场》《世界第一商品》《香港心态录》《元旦的震荡》等报告文学名篇。知名评论家李炳银分析说,那个时代,报告文学的兴盛来自于一种新的文学观念的确立和新的价值取向的生成。前辈徐迟自不必说了，而理由该是那个时代报告文学颇具代表性的作家。我想，四十岁以上的人，也许不该有理由不知道理由吧。我那时正在读初中，《扬眉剑出鞘》令我们那些做着文学梦的"生瓜蛋子"热血沸腾。

理由的报告文学是一个独特的世界。他的作品中既有栾菊杰、华罗庚、林巧稚等具有时代色彩的典型人物，也有震动社会的重大事件。虽然篇幅都不是很长，但个个都弄出了很大的响动。他讲究角度的选取，讲究叙述的巧妙，讲究语言的准确。报告文学的文学性，在他的作品中得到了充分体现——报告文学小说化，这是理由报告文学的气质特征。他主张，报告文学作家要"六分跑，三分想，一分写。"他还曾戏言："写报告文学是个体力活儿。"理由的身影经常出现在高校的文学讲堂上和各种文学活动中。

那个年代，在报告文学创作之路上，理由引领着某种方向。

可万万想不到的事情发生了。后来，理由咔嚓一下封了笔，下海经商去了。

理由下海经商，使我们这些报告文学作者陷入十分尴尬的境地——梦想中的报告文学大厦，顷刻间轰然坍塌了。写来写去的，穷写什么？理由不是都写到海里去了吗？唉，这真是报告文学的悲哀。

理由先是在香港领"袍金"，后又卖卫生洁具，再后来又开发房地产。那时的理由已经是六十余岁的老人了。文人下海，多半被呛得口吐白沫，理由行吗？开始时不行。连连经受的挫折和打击，几乎摧毁了他的自尊和自信。说起当年的惨状，他说："每天下班，坐着叮叮当当的有轨电车，望着夜色中繁花似锦的街道，却看不到一条自己的生存之路。"朋友对他说："看到你用来写报告文学的手去按计算器，让人感到特别凄楚。"不过，理由毕竟是理由，他很快走出了困境。后来的商海业绩证明，他不但行，而且很行。理由创造了一个成功的范例。

一个文人在商海中打拼与写报告文学完全不同。做房地产开发商时，理由的心中常有牵着几头巨兽似的惶恐。他说，你得哺养它却不能完全预测它的行为，它可能执行你的意志，也可能把你反噬。"凡可能出错的地方一定出错。"文学中追求的完美主义在商界是行不通的，尽管如此，理由还是力求做到完美。

其实，一个杰出的作家，亦不缺少经商的智商和情商。在思维的高度上，知识与修养有触类旁通之妙。他当年的属下曾在一篇小文中写道："作为开发商的理由，经常拿着一把小锤，爬上高高的脚手架，用小锤敲打每一块外墙面砖，看有没有空洞。这把小锤为商人的诚信与良知多少挽回了一些面子。"不过，我始终不明白，做这些与报告文学无一点瓜葛的事情，理由有理由吗？

很多时候很多事情，我们不能讲真话，但我们可以沉默，可以不讲话。也许，这是不得已的人生智慧。沉默是一种回答，不讲话摆摆手也是一种回答，而用话题避开话题则是一种讲话的技巧了。我甚至觉得，在某些场合，讲话的技巧比讲话的内容还要重要。季羡林老先生说："假话全不说，真话不全说。"我想，理由绕开那段历史，总该是有理由的吧。

那次研讨会后的一个假日，我和好友刘宝刚登门拜访了理由。在他西山脚下的别墅里，我们一边品着陈年的普洱茶，一边聊着文学。理由认为，写人，写人的思想，写人与人的关系，是报告文学的使命。理由在谈话中提到了齐美尔对差异的敏感性和对境遇的适应性。他说，人应该对各种差异怀着欣赏、关爱和克制的态度。他强调，这些话既可以看作是对弱势者的提示，也可看作是对强势者的告诫，尤其是在世界存在许多恃强凌弱现象的时候。他说，富贵不淫，贫贱不移，这是至高的境界。

我看得出，虽然此时的理由已经不是彼时的理由，但他骨子里作为报告文学作家最本质的东西没有变。他永远为底层说话。

令人吃惊的是,就像当年咔嚓一下突然封笔一样,二十年后理由带着商海的故事和传奇,突然间又上岸了——他告别了一切商务活动,重新开始了"有意义"的生活。如今的理由很自在。一年有一半的时间在广州,一半的时间在北京。医生出身的夫人陶斯亮对他的颈椎和腰椎退行性病变格外关心,"逼"着他多运动。他每天上午打一场高尔夫,下午读书看报会客。临别时,理由送给我一本刚出版的随笔集《明日酒醒何处》——书中叙述的是他商海二十年的境遇和感悟。他说,他拿起笔来,面对的最严重的挑战就是"惰怠和慵懒"。

他在书的扉页上工工整整地写道:"请李青松贤弟雅正。"

那本书中还有两张照片,颇有意味。一张是他的商海肖像,一张是20世纪80年代报告文学井喷时期他和徐迟的合影。那时,徐迟身旁的理由还很年轻,头发有些卷曲,意气风发,就像早晨八九点钟的太阳。

那个时代,是报告文学的时代;那个时代,是理由的时代。

兵团新农人

顾水萍

初见顾水萍时,她用手拍拍自己的脸,说:"看看我的精气神就知道了,喝胡萝卜汁有什么功效。哈哈哈!我每天喝一杯胡萝卜汁。"

我定睛打量着她,是呀,她面部白润,光彩熠熠,状态饱满昂扬,激情四射。这是胡萝卜在体内发力的结果吗?

顾水萍,新疆生产建设兵团六师一〇一团青湖镇三连职工,人称"萝卜姐"。——倒不是她的长相跟萝卜有什么关系,主要是她种出了很好吃的胡萝卜。

在新疆,萝卜叫萝卜,胡萝卜也叫萝卜,但通常所说的萝卜主要是指胡萝卜。若问萝卜与胡萝卜有什么区别,就味道来说,萝卜辛辣,胡萝卜平淡。

"也不给倒杯水吗?"我半开玩笑地说,"中午吃了烤肉,有点咸。"

"哈哈哈!"一笑就露出虎牙的顾水萍说,"稍等。"她拿来一瓶胡萝卜汁,又拿来一小袋沙棘汁,摆在我的面前。她往杯子里倒了一点沙棘汁,递给我。我端起杯子喝了一口,皱着眉头,咧着嘴说:"有点微微的涩。"

"这就对了,微涩。"顾水萍把那瓶胡萝卜汁的盖子打开,倒出一些,腾出空间,然后就把那小袋沙棘汁倒进装胡萝卜汁的瓶子里,盖紧盖子,不断地摇,摇摇又倒置,旋转,摇,摇摇。反反复复,摇摇摇。直到胡萝卜汁与沙棘汁充分调和在一起,再打开盖子,倒出一杯。我轻轻呷了一口,哇,味道奇异,甘美通体!于是,一仰脖儿,一饮而尽。

胡萝卜汁与沙棘汁调和在一起,居然发生了奇妙的反应——让美无限地放大,不论是色泽,还是口感。"啧啧,美味也!美味也!"我连连赞叹,禁不住感慨万千。

"这到底是沙棘,还是胡萝卜所施的魔法呢?"

顾水萍语气肯定地回答:"当然是胡萝卜啦!胡萝卜汁原本平淡,如同水,水善利万物而不争。夫唯不争,故天下莫能与之争。"

"看来,你是读过《道德经》了。"

"哈哈哈!"顾水萍说,"只记住了这一句。"

我说:"一句顶一万句。"

胡萝卜原产于地中海地区,后传入中国。《本草纲目》记载:"元时始自胡地来,气味微似萝卜,故名。"胡萝卜性喜冷凉,喜充足阳光,适宜中性土壤种植,微酸微碱土壤也无碍。

我是在"萝卜姐生态馆"见到顾水萍的。中秋节临近,她与员工正忙着给网购天山老月饼、萝卜姐胡萝卜汁、沙棘汁、骆驼奶酪及牦牛烤肉干的客户打包发货。她没有专门的办公室,生态馆就是办公室,生态馆也是销售店。当然了,销售的主打产品是萝卜姐胡萝卜汁。

胡萝卜富含钾和各种维生素。长期食用胡萝卜汁,能滋肝明目,化痰止咳,清热解毒,有降低胆固醇,预防心脑血管疾病,增进血液循环等方面的功效。

生态馆墙面上赫然写着这样一段话:"新疆天山雪水浇灌出来的胡萝卜,味道更甜,更浓。等萝卜大姐的胡萝卜拔出来了,把萝卜捣碎,沙棘捣碎，装进玻璃瓶，咱就榨一个。"生态馆里，进进出出的顾客很多，有的选货，有的订货，有的参观。

顾水萍，1980年出生，中专没毕业就辍学回家了。原因很简单，家里三头猪没人喂。小时候，她就喜欢生吃胡萝卜。喂猪时，也常常在石槽子里给猪投喂几根。她看着猪把胡萝卜从猪泔水中挑出来，咯吱咯吱地嚼着，开心无比。

她的父亲说："你也不能喂猪喂一辈子啊，得出去闯闯。"那一年，她十八岁，正赶上兵团棉纺厂招工，于是，她就成为兵团棉纺厂的纺织工。她十分珍惜这份工作，毕竟是国企，工资高，福利好，穿一身工作服，戴白色的纺织帽，出出进进的，也体面。

可是，半年后，她操作的纺织机总是出故障，机修工便不断来修理，排除故障。兵团棉纺厂的纺织工全是女性，有上千号人。而机修工则是男性，也就七八个。有一个机修工总是频繁来"排除故障"。没故障时，他也在顾水萍的纺织机前转来转去。细心的人发现，那位机修工看上了顾水萍，纺织机的"故障"，有可能是他制造出来的"故障"。

棉纺厂有纪律，工作时间不能谈恋爱。

那个机修工被"约谈"了，顾水萍也被"约谈"了。

怎么办？

那段时间，男朋友的父母患病，需要人照顾，她跟男朋友商量了半宿，次日便双双辞去棉纺厂的工作，回到青湖镇三连，回到乡下。刚刚够婚龄，他们就结婚了。顾水萍一边照顾公公婆婆，一边种地。承包的地有一百多亩，头一年种的全是包菜，想不到的是，包菜竟然卖不出去，全烂了。顾水萍蹲在地头，看着烂成泥的包菜，大哭一场。——"呜呜！呜呜呜！"

眼泪哭干后，她突然就想起了胡萝卜。为什么不种胡萝卜呢？胡萝卜即便卖不出去，也不致全部烂掉呀！

于是，她决定次年种胡萝卜。

她心里想，得吸取种包菜的教训，得搞订单农业。她包里背上馕四处跑，跟一些农产品加工企业和一些经销商谈订单。人家说，我们不跟你谈，一家一户的农民最不讲信誉，你要是合作社的法人代表我们就跟你谈。

虽然白跑了半个月，但她认识到了一种新的营销方式。看来，仅凭一己之力是不行的，得组织起来，靠集体的力量，才有资格有能力搞订单农业。

回到青湖镇，找到三连连长，说要成立个农业合作社。

连长说："好呀，连里支持！"

顾水萍问："叫什么名字好呢？"

连长说："喜欢叫什么就叫什么。"

2014年3月，五家渠嘉鑫种植农业合作社成立。揭牌那天，现场气氛热烈，光是鞭炮就噼噼啪啪放了半个时辰。连长来到现场，发表讲话，给顾水萍鼓劲。连长说："一群人，一条心，一件事，一定赢！"

最后，连长把拳头一挥——"加油！"

顾水萍任合作社社长，开始只有六名社员，一年后就发展到了一百三十六名社员。种植胡萝卜五千亩，带动一〇一团其他职工也大面积种植胡萝卜，规模达到了一万两千亩。

"过去，无论是在棉纺厂，还是在连里当职工，都是领导给咱开会。当了合作社社长后，是我给人家开会，我也没有那么多话呀，很不适应，一度打退堂鼓，不想干了。连长知道了，找到我，说我也太情绪化了。不能后退，有什么困难连里帮助解决，必须坚持下去！"

连长果真说话算话，回去研究后就拨给合作社一块地皮，用于建保鲜库。保鲜库建好后，解决了大问题，年产一千吨的胡萝卜不愁无处储存，也不愁缩水发蔫变黑了。什么时候出库，都是通红通红，水灵灵，新鲜如初。

　　出乎意料的是，合作社成立的第一年，胡萝卜的行情非常好。年初订单价格八角一斤，到秋天市场实际价格涨到一块一斤。一些社员躲避着顾水萍，偷偷把胡萝卜按一块一斤卖掉。眼看着加工企业与合作社签订的订单就要落空。怎么办呢？这可是涉及合作社信誉的问题啊！顾水萍只好把自家二百亩地里种的胡萝卜全部按八角一斤卖给订单企业。但还是有亏空啊！她便开着车，去达坂城那边高价收购胡萝卜兑现订单。

　　"欲哭无泪，合作社差点倒闭了！"

　　顾水萍的举动感动了胡萝卜加工企业。企业老板说："萝卜姐，你是讲信誉的人，损失不能让你一个人扛啊！"于是，企业也提高了价格，使得合作社减少了一些损失。

　　反者，道之动。弱者，道之用。

　　在利益驱动下，次年，大家都不种别的了，全种胡萝卜了。可是到了秋天，一场早霜袭来，胡萝卜全扔地里了。那些上一年不讲信誉的社员满脸愁容地来找顾水萍："萝卜姐，帮帮忙吧！"

　　"帮谁？谁帮？"顾水萍狠狠吐出两字，"活该！"

　　可是，事归事，理归理，嘴狠心肠软的顾水萍还是要帮。她把自己的订单让出来，让大家的胡萝卜照常卖上价格。把保鲜库腾出来，卖不出去的胡萝卜存放在保鲜库里，使大家的损失减少到最低。经历了这件事，大家对顾水萍的人格和境界又有了新的认识。大家心里暗暗说："嗯，跟着她干，错不了！"

　　很快，职工们纷纷入社。

　　仅仅几年时间，合作社发展壮大起来了。有种植，有加工，有仓储，有营销，有网售，有配送，真正形成了自己的产业链条。会员遍布北京、济南、郑州、广州、深圳及乌鲁木齐等全国各地。

　　顾水萍告诉我，她是跟着兵团改革走，跟着兵团改革一起成长的。

"从当年的土地承包确权发证,到灌溉打埂子变成软管输水浇地,再到'三费自理'(种子、化肥、农药),三连的这些事情都是始于我。"快言快语的顾水萍说,"我跟连长说,你们也不能总在我一个人身上薅羊毛啊!连长不接话,只是哈哈哈地笑。"

我说:"能力越大,责任越大。"

顾水萍说:"搞种植农业,大数据非常重要。我每天都关注北京新发地农产品批发市场的行情,什么是最好的菜,我心里都有数。过去,产品卖不出去,不是产品不好,只是不会卖,不会经销,没有找到市场。"

"你怎样理解诚信?"

"合作社的生存与发展,诚信是第一位的。投机取巧可以得一时之利,却不会得一世之利。"

我问她:"今后有什么打算?"

顾水萍沉思片刻说:"我只想在提高产品品质上下功夫,不图热闹。热闹是一时的,品质才是永久的。比如说,我们种的胡萝卜从来不打除草剂,完全是用镰刀割草,手工拔草。打除草剂会污染土地。我们不做伤害土地的事。土地养育了我们,我们要爱惜土地。"

我说:"这话说得好!"

顾水萍接着说:"我们谁也离不开土地,有了土地就有了一切。"

是啊,顾水萍喜欢胡萝卜,内心深处也许藏着许多原因,但有一个原因是可以肯定的,胡萝卜一定在其最艰难的人生境遇中鼓舞过她,安慰过她,并且像烛光一样照亮过曾在黑夜中感到迷茫的她。

每个人都有自己的秘密。我不便问,也不好问。

如今,"萝卜姐"顾水萍已经成为兵团一〇一团以及五家渠市的名人。"巾帼女杰""创业之星""百佳示范"等荣誉和称号接连授予她。然而,顾水萍是清醒的。

平凡的生活还要继续。

顾水萍的手机里收藏了一张画——原野上，一根透明的胡萝卜和一个表皮斑驳的哈密瓜，相对无言。画的空白处是一行小字：你选择成为什么样的人，就会成为什么样的人。也许，这就是顾水萍的人生写照吧！画的作者是燕京理工学院美术系学生杨维佳——顾水萍的女儿。她常常戏称自己的女儿为"我的小胡萝卜"。

劳作之暇，她就从手机里翻出女儿画的画，端详着，欣赏着，脸上洋溢着快乐和幸福。

该怎样形容顾水萍眼里的胡萝卜呢？是否可以这样说，它没有浮华的外表，只是红得真诚，红得通透，却又饱含着属于自己的情感和能量。

哗哗哗！掌声送给顾水萍吧！——为她红通通的胡萝卜，也为她像胡萝卜一样红通通的生活态度。

李勇军

他叫李勇军。小平头，爱笑。一笑露出两颗门牙，一颗白，一颗黄。两颗门牙很有个性，白的外翘，黄的内敛，白黄中间呈现一个黑色的"八"字。初见，给人感觉他像老电影上那种"坏蛋"的形象。

然而，人不可貌相。

李勇军1975年出生，甘肃通渭县人，初中毕业后就在黄土高坡上用毛驴犁地种小麦。种完小麦，在等待小麦种子发芽出土的日子里，就坐在黄土高坡上看着远方发愁了。

愁什么呢？他也不知道，反正就是愁。有一天，他接到新疆生产建设兵团六师一〇一团的叔叔来信，信中说叔叔承包了一百亩地需要人手，问他能去帮忙吗，他回信说："能！"

叔叔还没收到回信，他已经背着行李，用网袋提着脸盆和牙具站在叔叔面前了。"咿呀！来啦！"叔叔惊讶地说，然后用手拍了拍他的肩膀，"嗯，还算结实，有把子力气呢！"叔叔的一百亩地，一半种了棉花，一半种了小麦。

从此，李勇军的身影整日在叔叔的一百亩地里晃动。拔草除虫，施肥浇水。弯腰的时候比直腰的时候多得多，出汗的时候比不出汗的时候多得多。

深秋，棉花采摘的日子里，他发现挨着叔叔家棉花地的棉花地里，有个裹着红头巾的女子也在采摘棉花。他故意靠近人家棉垄，时不时瞄一眼，时不时瞄一眼，心里怦怦跳。唉，那红头巾裹着的面容俊俏得很呀！一打听，那女子叫王菊芳，居然也是甘肃通渭县人，在这里给舅舅家帮工。

同乡见同乡，两眼泪汪汪。

两颗火热的心，一下就相通相连了。

一年后，他与王菊芳结婚了。

2004年，兵团扩编招工，李勇军就成了六师一〇一团二连的正式职工。

自己有了小家，李勇军就从叔叔家搬出来了。承包了兵团一百三十亩棉花地和六亩葡萄园。"那些年，不管是丰产还是低产，我都种地。不种地干啥呢？至于养蜜蜂嘛！那是后来的事情了。"

我问："你是什么时候开始养蜂的呢？"

李勇军说："应该是2017年吧。种地的收入，攒了一些后，就买了一台雷沃拖拉机。开拖拉机犁地时尘土飞扬，对肺不好，就要吃蜂蜜保养肺。后来想，买蜂蜜还不如自己养蜂呢，自家蜜蜂产的蜂蜜吃着心里踏实。就养了两箱蜜蜂，产出的蜂蜜够吃一年了。"

想不到的是，那两箱蜂，过了一个冬天，只剩了半箱，那一箱半的蜜蜂全死了。李勇军这才意识到，养蜂需要技术。

于是，他在网上直播间里开始学习养蜂，有问题就直接问，别人问的问题，他也认真听认真记。直播间的同学之间也互相交流养蜂的方法，他就按照方法去做，果然，效果很好。半年下来，养蜂遇到的那些问题，就基本搞清楚了。

一箱蜜蜂里，必须有蜂王，没有蜂王，这一箱蜜蜂必灭绝无疑。养蜂，除了技术之外，还有一些东西，李勇军一直琢磨不透。比如，几户人家同时用同样的技术养蜂，比他早养好多年的，却没他养得好。比如，越冬时，他的蜜蜂与别人家的蜜蜂都置于一个暖房里，别人家的蜜蜂会死掉很多，可他的蜜蜂却安然无事。什么原因呢？

越冬之前，每年的十月十日至二十日，要把蜂巢里的蜜蜂喂饱，才能越冬。李勇军告诉我，这十天最关键，既不能喂得太饱，也不能喂得太少。是喂霍尔果斯的白糖，还是喂昌吉的白糖呢？也有讲究。同样是白糖，但还是有细微差别，蜜蜂食用后其免疫力和抗寒能力还是不一样的。

冬天，蜜蜂处于半冬眠状态，暖房温度高了不行，低了也不行。温度高了，蜜蜂的活动量就大，体能消耗就多，影响蜜蜂的健康和寿命。而低于零下六摄氏度也不行，低于零下六摄氏度就冻死了。

一般来说，自然界的动物，非雄即雌。可是，蜜蜂却有蜂王（雌蜂）、雄蜂、工蜂之别。出生前不吃蜂蜜，一直吃蜂王浆的蜂蛹，就会成为蜂王。只吃六天蜂王浆，其余时间吃蜂蜜的蜂蛹，就是雄蜂。而只吃三天蜂王浆的蜂蛹，则是工蜂了。

我随李勇军来到他的蜂场。

蜂场在一片棉花地与葡萄园之间的两行榆树下。蜂箱蜿蜒排列着，共两行，每行有二三十箱吧。李勇军说，这仅是一处蜂场，离村庄近一些。另外一处在别的地方，离村庄较远。

他蹲在蜂箱旁边，将手里的一片纸壳点燃，纸壳就升腾着一缕灰色烟雾。他说，过去都戴纱网帽，现在点燃纸壳，烟一熏，蜜蜂就会避开人，就张不开嘴蜇人了。

他一边观察着蜂巢表面，一边说："等会儿打开蜂箱就不能说话了。因为，说话的声音会引起气流震动，影响蜜蜂休息。另外，人口腔的气味，蜜蜂闻到后会烦躁。"

他不说话了，静悄悄地操作。他将蜂箱打开，拎出蜂巢，只见蜂巢上爬满蜜蜂，密密麻麻地蠕动着。有的飞起来，有的落下去。他终于找到了蜂王，用手指捏着蜂王的上半身，示意我看。我点点头。

他将使蜜蜂停止繁殖的"环儿"，用一把小钳子在蜂王的生殖器上固定住，再把蜂王放回原处。每个蜂箱里，只有一个蜂王，他如此这般地重复着相同的动作。不过一个小时，就给十几个蜂箱里的蜂王戴好了"环儿"。

他把那些蜂箱盖子一个一个重新扣上，然后，转身把那片燃着的纸壳踩灭。那缕灰色的烟雾，就渐渐消失了。

李勇军终于又开腔了。他说："近几年，人们逐渐认识到了蜜蜂的价值。农作物授粉季节，常有农业合作社的人来'请'蜜蜂过去帮助授粉。葵花、哈密瓜、葫芦瓜和草莓，用蜜蜂授粉效果最好。一般是，'请'一箱蜜蜂过去，两个月付费一百五十元。但还是经常'请'不到，总体来说，蜜蜂数量还是太少，供不应求啊！"

蜂场旁边就是他的葡萄园。我说："能进去看看吗？"他说："必须滴！"

李勇军的六亩葡萄园，管理方式与别人不同。他不打药不上化肥，采用弱势生长法。葡萄园里，一共五条垄五架葡萄，葡萄架下野草丛生。园里共有十个品种，巨峰、马特、新郁、蓝宝石、阳光玫瑰、红布拉特、无核子甜等等。别人家的葡萄六元一斤，他的葡萄十二元一斤。

他说:"我的葡萄很少人工干预,自然生长。它们不好看,但好吃。"

我说:"是呀,好吃是硬道理。"

他提着一个筐,手里拿一把剪子,一会儿就采满了一筐葡萄。"走,到家里去吃葡萄!"

来到他家院里,发现临街他还开了一家小卖店——鑫妍商店。

我问:"商店名字有什么讲究吗?"

他说:"没什么讲究,只是大女儿叫李鑫,二女儿叫李妍,各取一个字就叫鑫妍商店了。哈哈哈!"

"都在家吗?"

"没有。大女儿在库尔勒技术学院读会计专业。二女儿还小,在五家渠市一小读四年级。"

听到说话声,他媳妇王菊芳从厨房里端着面盆出来了,微笑着跟我们打招呼。她正在和面,准备烙饼。

我环顾四周,卧室、厨房、储物间、商店都是通着的。商店共有三面货架,商品基本上都是日常生活用品和烟酒茶之类的。一面货架上是饮料,一面货架上是酱油、醋和食用油,一面货架上是香烟。

我注意到商店的一角立着一张木案,上面摆满了一罐罐蜂蜜。我数了数,共有三十五罐。金黄色的蜜,稠稠的,带给人无尽的遐想。木案旁边架着一个摇蜜机,一根胶管通往木案下的一只木桶里,里面是摇下来的蜂蜜,会被装进一个一个的空玻璃罐里。

我问:"这蜂蜜多少钱一罐啊?"

"网购一罐六十元。到店里来买一罐五十元。"

"你的蜂蜜好在哪里?"

"好在哪里很难一句话说清楚。"他说,"我可以拍着胸脯保证,我的蜂蜜是纯正的蜂蜜。"

"还有不纯正的蜂蜜吗？"

"当然有。其实，纯与正不是一回事。"

"什么是纯？什么是正？"

"只要是蜂蜜，就应该是纯的。但是，纯的蜜，有可能是水蜜。蜜里水的成分多，营养物质少。你说它纯不纯？要我说，纯。"

"呃。"我瞪大了吃惊的眼睛。

李勇军拿起一罐蜂蜜晃了晃说："正的意思是，割蜜的时间刚刚好，蜜里各种物质成分最优，谓之正。"

我唏嘘慨叹着，长见识了。

李勇军说："纯正的蜂蜜是没有保质期的，在正常的温度下，可以无限期存放。如果说蜂蜜变质了，那一定是假蜂蜜。蜂蜜不可能变质，它本身自带防腐剂，时间越久蜜的成分越正。因为，历经了时间之后，水分都挥发掉了。而蜜是不挥发的——这就是蜂蜜放久了，会结晶，会凝结成蜜疙瘩的原因。"

李勇军共有一百二十箱蜜蜂，每年能产一千二百斤蜂蜜。一箱蜜蜂产十斤蜜，产量不算高。但是，他说："我不追求产量，我追求好品质。"

李勇军掰着指头，算了算一年的收入。种棉花和葡萄，今年大约能收入二十万元——这是估算的数字，因为棉花还没卖出去呢。棉花快采收完毕了，产量明显不如去年，估计要比去年减产一成多。主要还是霜来得早，比往年提早了好多天。养蜜蜂这项能进账六万元，除去一万元成本，能收入五万元。开商店呢，收入比较稳定，除去上货占用的资金，大体能收入三万元吧。

虽然棉花收入不算太如意，不过，多项收入加起来，李勇军已经很知足了。

李勇军是热爱生活的人。闲暇时间，他也练练书法。最初写隶书，后又改写楷书了。商店招牌上的字，商品介绍和价格，以及电话号码，都是他自己手书的。

他说："过日子不能跟别人比，越比越累，过自己的日子，自己心里安逸就好。"

哈哈哈！说笑间，李勇军那两颗门牙又露出来了，一白一黄，一翘一敛，中间是一个"八"字黑洞。

沙代甫汗

一条粗糙的土路，通向三场槽子村绿榆掩映着的一座老房子。这就是我们要去的地方——土墙、土院、土门、土屋的奶茶铺。

沙代甫汗的奶茶铺开张三个月了，奶茶铺还没有名字呢。其实，有没有名字不要紧，因为方圆五十里范围内没有第二家奶茶铺，相约去奶茶铺喝奶茶，或者说去奶茶铺吃包子，就是指沙代甫汗的奶茶铺，这里的人都知道。

人人都知道的地方，还用起名字吗？

沙代甫汗有一双巧手，她煮出的奶茶好喝，她蒸出的包子好吃。

好喝好吃是硬道理。硬道理自有光芒，虽然还没有名字呢，沙代甫汗的奶茶铺就已经在天山脚下、在古尔班通古特沙漠南缘闻名遐迩了。

每天早晨，天还没亮，沙代甫汗就开始包包子，煮奶茶了。三场槽子村是在奶茶铺弥漫的茶香中醒来的。

三场槽子村现有户数一百七十七户，五百四十六口人，其中哈萨克族人口就有四百二十八人，村里几乎都是定居的哈萨克族牧民。

哈萨克族牧民爱吃马肉。若干年前，我曾到北疆塔城哈萨克族牧民家里做客，主人用煮熟的马肉、马肠子及马奶子酒招待我。朋友告诉我，这是哈萨克族牧民待客的最高礼节了。

冬天，哈萨克族牧民把马肉制作成风干肉，把马肠子制成熏肠，游牧和转场时，风干肉和熏肠便于携带，甚至可以吃上一整年。奶制品用羊奶、牛奶、马奶、骆驼奶制成。种类有鲜奶子、酸奶子、奶皮子、奶豆腐、奶疙瘩、奶糕点、马奶子酒等等。面食呢，主要有烤饼、油饼、那仁（煮熟的羊肉切成小块儿覆盖在面条上的一种面食）、包尔萨克（羊油炸的面团）之类。

哈萨克族牧民可以一日无菜，但绝不能一日无奶茶。在食用肉和面食之后，再喝上两碗热腾腾的奶茶，打两个嗝，实在是舒坦极了。

正是深谙哈萨克族牧民的饮食习惯，沙代甫汗才决定开奶茶铺的。奶茶铺茶客和食客有本村村民，有北塔山牧场的牧民，有背包旅行的游客，也有偶尔开车经过的大货车司机。奶茶铺销量最高的东西就是包子。包子是素馅——木耳、豆腐、胡萝卜，味美爽口，香而不腻。每天，当阳光刚刚照进奶茶铺，三百个热气腾腾的包子就已经卖光了。

奶茶铺主人沙代甫汗，塔塔尔族，兵团六师红旗农场十二连三场槽子村村民。

初见时，沙代甫汗穿一件蓝色碎花长裙，雅姿摇曳。短发，面带微笑，颈上戴着一串金项链。面部具有塔塔尔族女人明显的特征——鼻梁坚挺，眼窝深阔，亮眸闪闪。举手投足之间，透着不俗的气质。

1989年，沙代甫汗出生于吉木萨尔一个塔塔尔族牧民家庭。高中毕业后读吉木萨尔县电大学前教育专业，后又读本科汉语言文学专业。虽然没有考上全日制本科是她的人生遗憾。但她拼命也要通过自己的努力，让这个遗憾减少到最小。

2018年至2022年，沙代甫汗在红旗农场三场槽子幼儿园当幼儿教师。她热爱幼师工作，工作中表现出色，孩子们也特别喜欢她。后来因没有幼师资格证书被辞退。

对于沙代甫汗来说，这算不算人生的低谷呢？简直糟糕透了，一张纸能说明什么呢？——她偷偷哭了起来。哭着哭着，想起孔子当年讲学可能也没有教师资格证书，张仲景当年望闻问切可能也没有行医证书，也就不哭了，也就释然了。可是，人生不能就这样呀——干点什么呢？跟丈夫一起去放牧吗？她有点不情愿。

三天后，她把家里的旧房子收拾出来，置办了三个烧奶的奶壶和若干木碗。支起一张桌子，弄来四把椅子、五个木墩，还有三个小马扎。没摆花篮，没放鞭炮，奶茶铺就开业了。

也许，只有经历过低谷和种种不如意，才更能知道生活中的一切并不都是唾手可得的。多数时候，只有不停地奔跑，不停地努力，把坎坷和曲折踩在脚下，才能够体悟人生到底意味着什么。

最初，奶茶铺只经营各类奶茶、果茶和果汁。奶茶一杯五元，果茶和果汁一杯四元。后来，又增加了早餐，经营包子、包尔萨克等早点。包子和包尔萨克一个一元，韭菜盒子一个两元。

煮奶茶的牛奶，是沙代甫汗自家奶牛产的奶。包包子和包尔萨克所用的面粉，也是自家田里的小麦打制的面粉，有麦香，有面味。一些东西不需要去买，自家就解决了。这样，经营奶茶铺的成本就很低。于是，奶茶和包子、包尔萨克的价格也就相当便宜了。

奶茶铺的员工只有一个人，老板兼主厨兼服务员，都是沙代甫汗自己。沙代甫汗每天忙得团团转，一忙起来，连看一眼手机的时间都没有。在兵团十二连当文书的表妹古丽巴提玛·比兰看在眼里，实在心疼，就利用周六、周日的时间来帮她洗碗，洗杯子，洗水果，收款结账。

在古丽巴提玛·比兰眼里，沙代甫汗是一位好姐姐，更是一位好妈妈。她说："表姐沙代甫汗每天除了打理奶茶铺，花精力最多的就是带孩子了。表姐每天都给孩子洗校服，辅导孩子写作业。"

沙代甫汗有两个孩子。大儿子叫叶斯太·阿牛娃别克，三场槽子小学五年级学生。小儿子叫叶尔扎提·阿牛娃别克，三场槽子小学一年级学生。两个孩子学习都很出色，家里的墙上贴满了大大小小的奖状。大儿子叶斯太是学校广播站的播音员。他跑得也快，是学校体育明星，还代表学校参加过兵团运动会呢。

沙代甫汗家里，还有四匹马、二十五头牛。哈萨克族的丈夫阿牛娃别克·阿合，每天早早就骑马到天山脚下的牧场放牧去了，照顾不上家里，家里所有的事情只能靠沙代甫汗自己了。

不过，无论有多忙，沙代甫汗每天总是要抽出一点时间读书。她卧室里的书架上摆满了书，《伊索寓言》《小学生英语知识点大全》《小公主故事》《假如给我三天光明》等等，从每本书的书角和页面留下的印痕来看，她读了不止一遍。

在沙代甫汗家里做客时，我是坐在炕上的。我注意到，炕上铺的是驼绒毛毡。沙代甫汗告诉我，驼绒毛毡是妈妈手工编织的，整整花了一年的时间。她出嫁的时候，妈妈把驼绒毛毡作为嫁妆送给了她。

沙代甫汗待客非常热情，炕桌上摆满了各种干果、鲜果和食物。有杏仁、核桃仁、瓜子仁，有哈密瓜、西瓜、葡萄，有牛奶疙瘩、羊奶疙瘩、骆驼奶疙瘩，有烤馕、馓子、包尔萨克。

我吃了两块奶疙瘩，喝了一碗奶茶，便指着墙上挂着的一张照片中的一位男人，问："这位就是你丈夫吗？"

"是的。"沙代甫汗的脸上洋溢着幸福，说，"我们是在朋友的婚礼上认识的，我们是自由恋爱。"

说话间，舞曲就响起来了。沙代甫汗和表妹古丽巴提玛，就地翩翩起舞。她们跳了两支舞曲，一支叫《喀秋莎》，一支叫《黑走马》。手之舞之，足之蹈之。跳得真好！——看了令人迷醉。

我问她："沙代甫汗，你人生的小目标是什么呀？"

沙代甫汗回答："每隔几天，我学点新手艺，给奶茶铺不断添些新花样。茶客和食客喜欢喝我煮的奶茶，喜欢吃我做的食物，我就高兴。"

"有大目标吗？"

"好好培养两个孩子。赚更多的钱，创造更好的读书条件，让孩子接受更好的教育！同时，作为女人，我也尽量保持好自己的容貌和身材，让快乐和美与我相伴！——这算不算人生的大目标呢？"

我点点头，笑了。

沙代甫汗也笑了。

沙代甫汗说："李老师，给我的奶茶铺起个名字吧！"

"好呀。"我问沙代甫汗，"你是塔塔尔族，你的名字在塔塔尔语中是什么意思呀？"

她回答："水最深处的珍珠。"接着，她略显羞涩地说，"我喜欢水，也喜欢珍珠。"

我说："奶茶铺的名字有了。"

"叫什么？"沙代甫汗眼里含着喜悦和期待。

"就叫——沙代甫汗奶茶铺。"

刊发于2024年第4期《西部》

孔子的泗水

子在川上曰："逝者如斯夫，不舍昼夜。"
此川是何川？泗水也。

——题记

一

水与山是一种怎样的关系？

有人说，孔丘因山得名。而山，则涵养了水源，也涵养了文脉。

尼山，是孔子的出生地。尼山位于泗水、曲阜和邹城交界处，南临尼山水库——孔子湖，东濒泗水支流沂河。尼山共有大小山头二十三座，高峰五座，排峰连崎。主峰三百四十余米，傲居其中。其实，这个高度，同那些险峰峻岭相比，也算不得高。然而，山与山的差别从来不只是高度。

传说孔子出生于尼山的一个山洞。那个山洞不大，深三四米，阔两三米。洞里石板叠着石板，石枕置于石床，石床下有暗河幽幽眨着眼。洞壁不时有水滴滴落，洞里弥漫着潮湿的气息。孔子睁开眼睛看到的第一缕阳光，则是从洞口照射进来的紫光。继而，他听到的第一个声音，则是洞外鸟雀的叫声。于是，他嘤嘤哭了。俄尔，他又咕咕笑了。

孔子是奇人，奇人必有奇相。孔子长什么样呢？司马迁有过描写，但过于简略了——"孔子长九尺有六寸，人皆谓之'长人'而异之"。吴道子画过他的行教图——孔子上身微微前倾，拱手施礼而立，腰间佩剑，目视前方。这是圣人的形象，是万世师表的形象。显然，吴道子画的孔子进行了艺术化处理，他不忍心把孔子画得过于逼真。

实际上，早有典籍述之：孔子，眼露白，鼻露孔，唇露齿，耳露轮。面貌狰狞，像戴着驱邪的面具。孔子路过郑国，郑国人评价他说，东门那个人额头饱满，脖子粗壮，肩膀略向前倾斜，腰部宽阔，看起来样子很疲惫，像一只丧家犬一样。弟子把此话转述给孔子，孔子闻之，欣然笑尔。曰："形状，未也；而谓似'丧家之狗'，然哉！然哉！"

看来，孔子绝对不是貌美之人了。

近端之，孔子可能是这样的——头顶凹形，即四方高，中间低。两只耳朵大而下垂。面部嘴阔，形状四四方方，像斗。鼻孔外露，平视过去可看见鼻孔内秽物。嘴里两颗门牙也并排外露，说话像含着东西。双眼的眼球突出，眼白翻转令人惧。手掌像老虎的爪子，驼背像乌龟一样。

孔子力大，能举起国都城门的门闩，但孔子重德不重力，不愿意以力大炫耀。孔子酒量也不一般，从来没喝醉过，但孔子不以豪饮而誉己。他做过仓库保管员、牧场小吏，历任中都宰、司空、大司寇、代理宰相，官职也是相当显赫了。然而，这些都不重要，重要的是他留给这个世界的思想。

面貌丑陋又有什么关系呢？

二

孔子说："知者乐水，仁者乐山。知者动，仁者静。知者乐，仁者寿。"此言道出了孔子对山水的认识，对自然的感悟，也道出了孔子对人与自然关系的理解。

他教导自己的学生："钓而不纲，弋不射宿。"捕鱼的时候，尽量用鱼钩钓鱼，而不用网眼细密的网捕鱼；射猎的时候，不要射猎夜宿或者孵化期的鸟，对野生动物要慈爱，不可乱捕滥杀，不可影响鱼类和鸟类的正常繁衍。

孔子的思想核心，归结为一个字，就是"仁"。孔子创立了儒家学派，建立了儒家思想体系。他设坛办学，招收生徒，一生教出的学生共有三千余人，"身通六艺者七十有二人"。孔子的讲学、游学活动主要在泗水与洙水之间的广大地域，他的生徒毕业后也主要在这一带，或做官，或经商，或做谋士，或办实业，或传道解惑。

"仁"是个象形字，从人从二。也就是说，"仁"不是单独存在的，而是在二人并存的情况下，人对人的态度和行为。"仁"，就是施人以德，施人以善，施人以爱。仁即爱人。扩展开来，人对自然的态度和行为也是如此。孔子主张"中庸"之道，主张"和为贵"，这既是一种世界观，也是一种方法论。

"中庸"不是折中与调和，而是指认识和处理客观事物时，要做到适度，恰如其分，从而达到"和"的境界。其实，"和"就是一种平衡，人与人的关系需要"和"，人与自然的关系也需要"和"。孔子提出，毋意，毋必，毋固，毋我。意思就是说，在自然面前，我们要克制自己的欲望，排除自己固有的成见，敬畏自然，尊重自然。

我在尼山脚下住过两个晚上，此处安静至极。在这里，我的举手投足，都是谨慎谦卑的，不敢有丝毫造次。徜徉于尼山水库岸边，凝望库中碧水，我不觉陷入久久的沉思。对于中国传统文化来说，孔子意味着什么？中国传统文化的根在哪里？孔子创立的儒家学说与水是什么关系呢？问号跟着问号，问号套着问号，终究不得其解。

于是，我便把目光投往别处。

当地一位朋友告诉我："这个水库也叫孔子湖，湖水源于东蒙山，水出湖，便流入泗河了。"

"泗河？"

"对，泗河。"

"就是古时候的泗水吗？"我睁大眼睛问。

"正是。明代以后就被唤作泗河了。"他平静地回答。

"源头在哪里？"

"在泗水县陪尾山的泉林。"

"好嘛！去泉林看看！"我要从尼山出发，去泗水流经的地方寻访孔子与水的故事了。

三

咿呀——！我禁不住惊叹起来。

何谓泗？泗者，从水从四。泗水源于四泉。四泉涌作泗水源。哪四道泉呢？一曰趵突泉，二曰红石泉，三曰洗钵泉，四曰响水泉。此四泉全在陪尾山下。

我终于登上了陪尾山的高处，环顾之，陪尾山处处皆泉，堪云棋布星列。泉水最胜者为响水泉，次之趵突泉，次之黑虎泉，次之红石泉，亦有淘米泉、双睛泉、甘露泉、珍珠泉、石缝泉等等。

北魏郦道元曾赞曰："海岱名川。"海者，乃渤海也；岱者，泰山也。海岱就是指齐鲁大地。泰山之阳，谓之鲁；泰山之阴，谓之齐。齐鲁则是今天山东的代称。

泗水县城往东五十里，就是陪尾山了。陪尾山，当地人称铁石岭。其实，根本构不成岭，不过是个小丘。丘上立了一块石碑——"子在川上处"。

"子在川上曰：'逝者如斯夫，不舍昼夜。'就是指这里吗？"答曰："然。"孔子这句话，说的是时间若流水一般，汩汩流淌，奔腾不息。他告诫我们，时间是宝贵的，要珍惜时间，珍惜自己的年华。石碑的背面，题刻的是乾隆皇帝的诗文。乾隆东巡南巡，来泉林就有九次，而且每次来泉林必到"子在川上处"。乾隆敬仰孔子是一方面，内心深处一定还有某种隐秘的东西不便言说吧。

陪尾之山，泗水出焉。陪尾是泰山余脉之尾部的一座小山。实际上，它是地理板块的交会点，是地壳罅隙的漏口，更是泰山群落和蒙山群落双重挤压下深藏在地壳里的一个水窝子。

憋得嗷嗷叫的地下水窝子释放自己能量的形式是群泉喷涌，陪尾山是泗水发源地，是无可争议的了。

那日，我与当地朋友察水脉，观流向，访闸口，辨碑文，考史料，在笔记本上录下这样一段文字："陪尾之麓，泉布若林，或从地涌，或从旁溢，戛玉漱金，滔滔不竭，蛟龙吐沫，五步成溪，百步成河，奔腾万里，终始天地。"

再探，陪尾山阴面有湖，谓之"漏泽"，亦谓之"雷泽"。有文字记载，此处春夏成湖，至秋，地窍自开，隆隆之，轰轰然，湖响如滚雷，三日后湖水漏涸。甚奇也。

又探得，陪尾山下有一庙，即泉林寺。寺之左右，泉有数十，喷涌灌激，合而成流。河流经卞城，有桥跨之，名曰"卞桥"。桥之南，有泉二十一眼，北流入泗。桥之西北，有泉十三，而南流入泗。"那条河叫什么？"站在卞桥上，我指着远方泛着亮光、蜿蜒而入泗河的那条河问道。

"那就是洙水呀！"当地朋友平静地说。

"洙泗洙泗，原来洙水就在这里呀！"我一下兴奋起来。

洙水和泗水的关系真是说不清楚，也道不明白啊！洙泗二水异源而同流，流着流着，忽地一下分开，分开之后左旋右转，又缠缠绵绵地合在一起，如此，从东往西，反反复复，合焉分焉，分焉合焉。洙水流至曲阜，径从孔子墓前而过，可泗水呢，在此颇费心思，闪身腾挪绕其背后而行。所谓"圣人门前倒流水"，即指洙水和泗水在此处的流向吧。

为什么叫"洙泗"，而不叫"泗洙"呢？

望着二河的流向，我顿悟了：流经圣地曲阜时，洙水在南，泗水在北。就流向而言，南在左，北在右，排位次序当然是先左后右了，故曰"洙泗"，而非"泗洙"。尽管流过孔林之后，洙水与泗水又聚而合之，总谓之——泗水。

往西，又有多条河流入泗。

泗水，汩汩滔滔。然而，水是水，水亦非水了。

四

如果说，水代表着阴润的话，那么山就代表着阳刚了。

孔子的一生登过哪些山，我不知晓，但可以肯定的是，他登过这两座山：一曰东山，一曰泰山。孟子说："孔子登东山而小鲁，登泰山而小天下。"东山即蒙山，泗水县城东北五十里有龟山，与蒙山相连，此为当初鲁国之北界。

在孔子眼里，陪尾山是一座怎样的山？

陪尾山是一座石质山，也有薄土覆于其上。山上柏树、松树郁郁，灌木、藤棘横生。望着满山的草木，再瞥一眼汩汩翻腾的泉水，我想到了两个字，一个是"仁"，一个是"孝"。两千五百多年前，孔子面对糟蹋自然的行为，厉声断喝："断一树，杀一兽，不以其时，非孝也。"他并不反对适时适度地利用自然资源，包括树木和野生动物。然而，这种利用需要控制在一定限度内，不对其生存和种群繁衍构成危害。否则，放纵人的欲望，乱砍滥伐，乱捕滥猎，就如同对父母肆意忤逆一样，乃为不孝之行为。

在孔子看来，人与自然的关系，也要讲"仁"，对待自然的伦理态度也要讲"孝"。

孔子特别推崇老子的道法自然的思想。他主张，对刚从冬眠中苏醒过来的小虫，不应该践踏；在春光中舒展的枝条，不应该攀折。孔子说："启蛰不杀，则顺人道；方长不折，则恕仁也。"

子路是孔子的弟子。子路，名仲由，亦称季路，后人尊称其为仲子。他比孔子小九岁，泗水县人。子路幼时家境贫寒，但子路是个孝敬父母的人。母亲喜欢吃曲阜产的稻米，子路就经常往返百余里为母亲背米。即便后来做了孔子的门徒，仍然每月"负米返下飨母"。

子路是泗地最具标志性的人物。他性格豪放，刚正耿直，信守承诺，忠于职守。孔子周游列国时，子路为其赶马车，做孔子的侍卫。子路学业期满后，到卫国蒲地做官了。三年后，孔子要去看看这个弟子有何作为。进入蒲地，马车缓行，看着看着，孔子不禁喜形于色了。他说："入其邑，墙屋完固，树木甚茂。"瞧瞧，孔子评价弟子的政绩主要看两条：一曰建筑；二曰造林绿化。孔子认为，这一切都是子路为政以德所致。"

子路的政事得到了孔子的肯定，子路自然也很高兴。子路知道老师喜欢吃什么，就差人去钓鱼。孔子喜欢吃鱼。国君鲁昭公闻其妻生子，曾派人送来一条鲤鱼表示祝贺，于是孔子给儿子取名孔鲤。

那一日，孔子吃了鲤鱼——红烧鲤鱼。子路恭恭敬敬为老师斟酒，言欢至深夜。

后来，卫国发生政变，在鏖战中，子路勇猛无比，毫无惧色。子路的胳膊多处受伤，帽子也被打掉。他居然把帽子捡起来重新戴上，并且扶正，说："君子死，冠不免。"话音未落，乱军一拥而上，将他乱刀砍倒，继而，被剁成肉泥。

子路奉行"利其禄，必救其患"的信条，最终"舍身取义""以死成仁"。

何谓"守信"？何谓"忠勇"？子路用自己的鲜血和生命作出了回答。

孔子听闻子路的死讯，痛哭不已。从此，孔子不再食肉。那一年，孔子已经七十二岁了。

子曰："岁寒，然后知松柏之后凋也。"由子路，孔子想到了松柏，想到了人生。到了冬天，才知道松柏是常绿不凋谢的呀！一年又一年，春青青，夏青青，秋青青，冬青青，松柏固守着自己的本色。

这种守道不变的高贵品格，或许，就是道德的极致境界吧。

五

泉流不歇，却也有悲伤。

20世纪50年代末，泉林人在黑虎泉往西四十米处建了一个水闸，将泉水改道分流，一往南流，一往北流，水流用于灌溉玉米，灌溉小麦，也灌溉那些日日浮夸的心。结果，人改造了自然，也破坏了自然。

由于乱挖滥掘，伤了地下泉眼，伤了泉林的水脉和元气，仅仅几年时间，泉林水面急剧下降，往南流的水渐渐枯竭，闸口像掉了门牙的嘴巴，枯槁干瘪了。

20世纪80年代，泗水县大兴养殖之风。泉林里的水温在十六摄氏度至十八摄氏度之间，而这个温度恰恰适合虹鳟鱼养殖。于是，泉林的主要水面都被承包出去，用于放养虹鳟鱼了。一些人确实因养殖虹鳟鱼而发了财，可是泉林的水却因投放饲料而被严重污染。一些泉眼也被淤滞堵塞，本来生机勃勃的泉林变得异味盈鼻，乱糟糟的。经过一番论证，泉林人痛定思痛，将养殖户清理出去，把泉林还给了泉林。

在泉林，我见到一位腰间挂一串钥匙、脸膛黝黑的长者。他能熟练背诵三百多首古诗，手里拿着一个喇叭，为前来参观的游客讲解泉林的历史、泉林的文化。

他叫吴春盈。

吴春盈是泉林村村民，生于1956年。家里生活还算殷实。他除了在泉林对面开了个小照相馆，泗水岸边还有两亩地，种了小麦和蔬菜，地头地角全部种上了杨树。在吴春盈看来，杨树不用怎么操心，噌噌猛长。他从小在泉林边长大，可以说，他见证了陪尾山和泉林的变化。早年，陪尾山高度不是现在的高度，20世纪七八十年代，附近搞开发取石取土，陪尾山被生生削掉了六米。

吴春盈看着陪尾山一天比一天瘦，心如割肉，自己也变瘦了。

若干年前，终于有一天，他把自己经营的小照相馆交给儿子打理，自愿当上了泉林义务守护人，兼义务讲解员。他对那些破坏陪尾山和泉林的行为坚决说不。

每天的大部分时间，吴春盈都是在泉林里巡视，泉林里的泉熟悉他了，泉林里的树熟悉他了，泉林里的石头熟悉他了，泉林里的松鼠熟悉他了，泉林里的鸟熟悉他了。

他的心属于泉林了。

吴春盈说："只要一天不来泉林，心里就闹得慌！"

六

春秋时期，泗地上已经有了官道。

官道上"十里有庐，三十里有宿，五十里有候馆"——泗城（在今泗水县城）便是官道上的重要驿站。

隋时，设县治，置泗水县城。治所即在，必修城郭。明朝时，泗水县城相当完整——"城周三里一百步，城墙高一丈六尺，池阔一丈二尺，深如之。"县城的四门均有匾额，东曰"达泉"，西曰"接圣"，南曰"景贤"，北曰"望岱"。此后三百余年，县城四至和规模从未改变过。当然，今天县城的概念与传统意义的县城已经完全是两回事了，城墙和四门更不复存在了。

出泗水县城东南六十里有一山，曰圣公山，山上有一座孔子晒书台。此处，能够望到龟山。据说，当年孔子在这里著书，也晒书。偶尔，也与弟子下一盘棋。那个年代，书不是纸质的，而是用竹简做成的。竹简性阴喜凉，久不翻动，容易生霉，泛出潮气。孔子的书摞起来，定然是一座山。想想就知道，晒书台一定晒事多多，不得闲呢。一切文化都是需要物质载体的。竹简，功不可没。

这一区域生长竹子吗？我没有发现，也忘记问了。即便不产竹子也没关系，春秋时期的商业已经兴盛起来。商业的本质就是买东买西赚取差价嘛！子贡是孔子门徒中的巨富。他有雄辩之才，也有经商之道。孔子对他的评价用了两个字——"通达"。司马迁更是不吝笔墨赞赏子贡——"子贡一出，存鲁，乱齐，破吴，强晋而霸越。子贡一使，使势相破，十年之中五国各有变。"不过，孔子也提醒子贡："君子爱财，取之有道。"可是，我好奇的是，那时的子贡在泗地经商运货物是用马车，还是用船只呢？如果是用船只的话，一定走的是泗水水路吧。

船在泗水上缓缓行进，望着岸上劳作的农人，望着岸上的树木及风景，子贡想到了什么？

七

自然与人类的历史是相互交织的。

人类及其观念，与土地、河流、动物和植物等非人类部分彼此互动，成为了生命的共同体。因此，一个人并不都是他自己，还是他出生的地方，他学步的院落，孩童时期玩的游戏，他的口音和语调，饥肠辘辘时吃到的一顿饱饭，校园里的喜鹊窝，河边垂钓的那个下午，夜晚走过的那片晃动着魅影的树林，迎来送往的礼数，过年过节的那些讲究，等等。所有这些，构成了一个一个的人。

何谓文化？——或许，构成人的那些东西就是。

文化具有鲜明的自然属性和地域特征。

在泗地，许多事物都与泗水有关，包括当地习俗、农事、语言，以及人的性格和价值取向。

在泗地，说起泗水，就会唤起一些人苦涩而温暖的记忆。

王均安：泗水是有脾气的，夏天，河道上会冲出不少"淹子"——就是大大小小的积水坑。"淹子"里的水，有两三米深，总有顽童在里面奋勇击水，玩个没够。听我奶奶说，20世纪60年代，泗水常常发大水。一发大水，河里就有被淹死的猪冲下来。那个年代，正处在困难时期，村里人便把死猪捞出来，褪毛清洗干净，把整猪分割成一块一块的肉，然后分给全村人。一头猪够村里人吃几天了。我出生的时候已经改革开放了，没吃过泗水淹死的死猪肉，但小时候，常去泗水钓鱼。泗水里有鲤鱼、草鱼、鲢鱼，也有甲鱼。长期以来，泗河两岸的人沿袭"钓而不纲"的传统，只钓鱼，不网捕。

孔燕菊：我家里的几亩菜地都在泗水岸边的高岗上。小时候我常跟大人去锄草，侍弄地里长得水灵灵的蔬菜。夏天，一场雷雨过后，菜地的石头上就长出许多"地脚皮"（地衣）。那些"地脚皮"肉茸茸的，愣头愣脑的样子特别有趣。放学回来，我就和小伙伴们挎着篮子，去采"地脚皮"。妈妈把采回来的"地脚皮"洗干净，晚餐做"地脚皮"炒鸡蛋，哇，那真是一道美味呀！

汤笑：捉蚂蚱、采槐花和捉萤火虫是我小时候贪恋的事情。那时候，泗水浅滩上的蚂蚱很多。我们跟大人割草打柴，就捉蚂蚱。用曲曲草或者毛姑姑草的长茎穿通蚂蚱的颈项，撸到底儿，这样一根长茎就能穿十几只蚂蚱。提回家，开膛，洗净，用油炸，就是一盘好菜。

泗水岸上有许多洋槐树。春天，洋槐开花的时候，我们就用带铁钩子的长竹竿去采槐花。一嘟噜一嘟噜的槐花，雪白雪白的，散发着香气。那些洋槐花很嫩，可以和面一起蒸着吃，也可以炒鸡蛋吃。夏秋之际，傍晚，萤火虫到处飞。我们也捉萤火虫。把捉的萤火虫放到玻璃瓶里，当作宝贝。一边欣赏它们一闪一闪的神奇，一边对着它们唱儿歌。

王震：四十年前的泗水，河水可以直接喝。少年时代最快乐的事，就是去泗水游泳和踩鱼。父母担心孩子在河里玩耍太危险，就把孩子们的鞋藏起来。可是，我们想尽办法还是要去泗水。当时有一句话——"上学听老师的，放学听泗水的。"

我们那个村叫西关村，离泗水有九里路，要经过农田和树林，蝉鸣喧嚣，蛙声一片，真是野性十足啊！鞋子被父母收走了，我们就光着脚丫踮着脚尖走，也要去泗水，有时脚丫子被石粒或者草尖刺破，搞得鲜血淋漓，我们也不管。如果路上遇到拖拉机或者四轮子，那就太幸运啦！我们就央求开拖拉机或者开四轮子的伯伯叔叔捎上一段。到了泗水，一猛子扎进河里，我们就忘记了一切。

那时，我们游泳都是裸泳，游累了就爬到岸上拧柳哨。柳哨呢，粗的声音沉，细的声音尖。我们也把柳条盘成一捆，坐上去荡秋千。

可是，不能不回家啊！硬着头皮回到家，父母一看我们晒得黑漆溜光的情形，便用手指在我们胳膊上挠三下，如果出现三道白印子，就抡起笤帚疙瘩打我们；如果没出现，就吼我们赶紧吃饭，写作业。怎样不让父母看出来我们去过泗水呢？后来，我们终于想出了办法——从泗水回来，先到村口老井旁，用辘轳打出一桶水，从头到脚浇下来，再走回家，父母用手指在胳膊上无论怎么挠，也不会出现白印子了。

哈哈哈哈——！

再后来，我们去泗水，踩鱼的乐趣胜过游泳。踩鱼需先把水搞浑，水一浑鱼就晕头转向了，就钻进了泥里，钻进了水草里，我们就开始踩。踩到鱼了，脚不能动，要弯腰用手抠着鱼鳃，把鱼抓出来，抛到河岸上。每次踩鱼都能踩到十几条，用柳条把鱼串起来，拎回家。父母看到拎回家的鱼，当然也很高兴啊！也不再用笤帚疙瘩追打我们了。

当我在笔记本上记下这些人的名字，记下他们讲述的一些片段时，不禁又想起了孔子那句话——逝者如斯夫，不舍昼夜。

是啊，记忆里的事，记忆里的人，一些成为了故事，一些成为了历史。

八

泗水，一为县域概念，一为流域概念。

泗水，在历史上曾是淮河最大的支流，流经鲁、皖、苏三省，长四百公里，流域面积八万平方公里。

后来，强悍的黄河夺泗入淮，进而霸占了淮河河道。泗水呢，很是怅然！无奈，只好以其不争的韧性，用时间创造出了昭阳湖、独山湖、微山湖和南阳湖。

事实上，此四湖是泗水的另一种存在形式。

然而，泗水毕竟被劫走了长度，泗水还是当年的泗水吗？

明朝之后，泗水改名泗河。我不知道，水与河有什么区别，也不知道它的流向是否发生了改变。但今天，泗水主要指县域，而不是那条河流了。那是一条多么辉煌而又颇具盛名的河呀！

"汴水流，泗水流，流到瓜洲古渡头。"白居易的诗句，准确道出了泗水终点的位置。如今，在安徽、江苏等广大地域，作为河流的泗水已经彻底消失了。但是，那些至今闪闪发亮并充盈着水的地名，诸如泗县、泗洪、泗阳、泗州、泗口等等，无不浸润着泗水的基因和儒学文脉的特征。

泗水，还活着啊！

九

孔子乐水乐山，也乐木。

孔子一生种过很多树。在泗水，在曲阜，至今存有他种的树，或银杏，或松柏，或黄连木。二千五百多年过去了，那时的人都不在了，那时的马、牛、羊都不在了，那时的屋宇城池也都不在了。虽然泗水还在流，但泗水里的鱼，也不是那时的鱼了。然而，孔子种的树还在。

在泗水县城南面的安山寺，就有一株古银杏是孔子所种。那株古银杏树高二十余米，树围八米，树冠覆盖面积四百余平方米。历经沧桑，已有两千五百多年的树龄了。树下立有一块石碑，上书"孔子手植树"五字。

思其人，爱其树。

若干年前，此树出现病态。泗水县林业部门立即请专家进行会诊，制订方案，采取了救助措施，终于让那株古银杏复壮，并重新发芽长叶，重现勃勃生机。在泗水县期间，我特意去拜谒了那株古银杏。在树下，我感受到了某种奇异的东西存在于古树的周围。那种东西与土壤、空气、风雨、鸟语、蝉鸣以及星辰日月相牵相连，气脉相通。我确信，一株古树，就是一个世界，一株古树，就是一部自然编年史。

我不能不去曲阜拜谒孔林。

曲者，弯也；阜者，高地也。曲阜，泗水拐弯处的高地之意。孔子去世后，弟子们表达思念的方式，就是在他的曲阜墓地种树。由于弟子众多，树就越种越多了，"以百数，皆异种"，那些树很快成林，并被称作"孔林"。

如今，孔林里有四万多株树了，其中树龄超过千年的就有近万株。孔林里野生动物也越来越多，獾子、黄鼬、刺猬、斑鸠、白鹭、灰喜鹊、环颈雉等出没林间，松鼠拖着尾巴，在树枝上跳跃弹蹬。夜晚，猫头鹰悄无声息地站在枯树干上，发现老鼠露头，双爪下去，抓起老鼠就迅速飞走。

孔林地面上生长着成片成片的蓍草，或开白花，或开紫花。能驱虫防病，能果腹充饥。古时候，同龟壳一样，蓍草是占卜用的材料。蓍草虽然是草，但可以活上千年，能长三百多条草茎。子路曾经问过孔子，为什么要用这东西做占卜材料呢？孔子回答："蓍之为言耆也。老人历年多，更事久，事能尽知也。"

蘑菇和灵芝也遍布孔林林荫下以及枯木上。也许是人们基于对孔子的爱戴和尊重吧，那些蘑菇和灵芝，从来无人采摘，任凭各种野生动物享用。

当地朋友告诉我，由于受酸雨、空气污染和病虫害的影响，孔林里的一些古树面临着生存的危机。孔林管理处购买了多架无人机，进行空中除虫作业。还专门成立了古树消防队，定时巡逻，定位监控，防止火情发生。

他们为每一株古树都建立了档案，图表卡一应俱全，所有古树的信息，都存入了数据库。他们还对一些古树进行基因取样，在研究分析的同时，进行优化组合培育，目前已经繁育出抗性强、品质好的树种。听罢，我竖起大拇指，为他们所取得的成果点赞！

春光融融的一日，我走进位于泗水南岸的曲阜实验中学。这里离曲阜孔子学堂不远。校园里最显著的标志，就是孔子的雕像。在"采芹园"里，每一株树木都有挂牌介绍。引起我注意的是那株楷树——在当地，把楷读作皆——此树耐干旱耐瘠薄，抗污染，耐烟尘，病虫少。树干疏而不屈，刚直挺拔，自古就是尊师重教的象征。

倏忽间，教室里传出琅琅的读书声——"子曰：'学而时习之，不亦说乎？有朋自远方来，不亦乐乎？'""子曰：'工欲善其事，必先利其器。'""子曰：'己所不欲，勿施于人。'""子曰：'知之者不如好之者，好之者不如乐之者。'""子曰：'我非生而知之者，好古，敏以求之者也。'"

教室的上空，伴着读书声，一只喜鹊飞来，喳喳叫了几声，喳喳又叫了几声，盘旋一圈后，落于那株楷树的枝头。它东看看，西望望，然后，尾巴翘了翘，抖抖翅膀朝着泗水的方向飞走了。

泗水流域是"圣源"之地，儒家圣人，包括至圣孔子、亚圣孟子、复圣颜子、宗圣曾子、述圣子思子、和圣柳下惠以及仲子等诸多儒家先贤都是出生在泗水流域。据说，孔门弟子"七十二贤"中，就有六十人生长和活动于泗水流域。在地理上，它是一个灵动的流域，更是一个独特的生态系统。它的自我净化，自我修复能力都是惊人的。它每时每刻都处在动态变化中，它涵养着生命，也创造着生命。

　　春秋时期，孔子在"洙泗之间"讲学授徒，周游列国，后人遂以"洙泗"代指儒家学说。泗水流域产生了中国最为璀璨夺目的儒家文化，并以自身的不断创新和升华，推动了中华文化的传承和发展。寻根溯源，文脉流长，绵延不绝。故此，泗水又被西方人称为"东方圣河"。

　　孔子的思想，在中国乃至世界都有深远的影响。泗水，究竟给了孔子怎样的力量？

　　早先的泗水流向先是"倒流"，再旋转着流——由东往西，再偏西南，忽地一下又向正南，继而再转向东南，注入淮河，再注入长江，最后注入大海。

　　"混混道源通泗水，严严正气接尼山。"这是泗地的一副楹联，作者叫仲蕴全，清乾隆年间人。其实，我多日行走于泗地，要探究和表达的就是这个意思。

　　搞清了尼山与泗水的关系，也就大体搞清了中华文化的根脉和走向。

　　自然之道，无终穷也。

　　是的，这是孔子的泗水，这是先贤们的泗水，这是泗人的泗水。

　　是的，这是我们的泗水。

2023年5月6日至9日写于北京

苏东坡的竹

竹，一丛一丛，青翠欲滴。

竹，一丛一丛，深邃安然。

竹，非灌非木，却压过灌，与木比肩，甚至高于木。此处的竹不同于别处的竹。此处的竹，贵乎？雅乎？奇乎？

蜀地可开眼界，何竹匹配东坡？跨入三苏祠门槛，举步抬足都是轻轻的，不敢有丝毫造次。也许，那些竹知道，我是怀着一颗虔诚的心来拜谒苏东坡的。

1037年，苏东坡出生于眉山。二十一岁时随父亲苏洵出蜀赶考，凭借一篇美文一举中第，名动京城。主考官欧阳修阅卷后，写下一句话："此人可谓善读书，善用书，他日文章必独步天下。"眉山，古称眉州，山有瓦屋山，水有青衣江，山川灵秀。皇帝宋仁宗曾说："天下好学之士皆出眉山。"出蜀前，苏东坡一直生活在这里。无论怎样，故乡的一切都深刻地影响了苏东坡。

苏东坡是怎样的人？

林语堂说了一大串——苏东坡是个秉性难改的乐天派，是悲天悯人的道德家，是黎民百姓的好朋友，是散文家，是新派画家，是伟大的书法家，是酿酒实验师，是瑜伽术的修炼者，是佛教徒，是士大夫，是皇帝的秘书，是饮酒成癖者，是心肠慈悲的法官，是政治上的坚持己见者，是月下的漫步者，是诗人，是生性诙谐爱开玩笑的人。然而，这些还不足以描绘出苏东坡的全部。

瞧瞧，林语堂说了这么多，还是没有说清楚。苏东坡到底是怎样的人？林语堂没说清楚，我们就更说不清楚了。然而，说不清楚，还是要说，那就在林语堂的话后面，再加上一句——苏东坡还是一位自然文学作家。

三苏祠里，何以如此多的竹？竹，或许就是自然的符号。

在眉山地界上行走多日，举目四野，竹，生长在瓦屋山的山岭上；竹，生长在青衣江畔。环顾三苏祠角角落落，竹，生长在苏东坡的诗词里；竹，生长在苏东坡的歌赋中。

"宁可食无肉，不可居无竹。"岂止是竹，在苏东坡看来，"凡物皆有可观。苟有可观，皆有可乐……"意思就是说，世间万物都有自身的价值，万物都有可观赏的地方，可观赏即可得到审美的快乐。此言体现了苏东坡对生命万物的尊重，也体现了他追求美、崇尚美的境界。不过，无竹会怎样？恐怕该怎么样还怎么样吧。但是，一个声音说："俗！"

人该如何对待外物？人该舍弃什么？苏东坡说："君子可以寓意于物，而不可以留意于物。"此话何解？忽然间想起那个成语——欲壑难填。也许，对外物的欲望会占据人的内心。因为，欲望是无边的，人会在无边的欲望中迷失自己。

苏东坡，本名苏轼，字子瞻，号东坡居士。轼，乃古代车前横木，乘车人扶手之用。对于车来说，轼是可有可无的。虽然去掉轼，车就不是完整的车了，但轼无非是车的饰物罢了。"轼乎，吾惧汝之不外饰也。"这是苏东坡的父亲苏洵在给儿子起名时，对"轼"的解释。

北宋官场，风云跌宕，雾霾重重。"心似已灰之木，身如不系之舟。问汝平生功业，黄州惠州儋州。"苏东坡在失意的时候，并没有消沉，没有颓废，没有一蹶不振，而是寄情于自然，寄情于耕读，寄情于美食。美食有哪些呢？有东坡泡菜、东坡鱼、东坡肉，还有东坡肘子和竹笋烧鹅。于悲喜丛生中，与老友把酒言欢，尽诉衷肠。

在苏东坡雕像前，我久久伫立。翠竹掩映下，苏东坡恍若微笑着走过来了。

他身高八尺，神态稳健，气场超强。长阔脸，高颧骨，双目炯炯，眉若飞燕。长脸？是的，长脸，有多长呢？"去年一点相思泪，今年才流到嘴边。"这也太夸张了吧，但是，长脸是可以肯定的了。胡须呢，胡须稀稀疏疏，并不浓密。他喜欢戴帽子，他从来都是戴着帽子。东坡帽——乌纱的筒高檐短的帽子，不像官帽那么威严，又有文人儒雅的气质。难怪，北宋时很多文人效仿苏东坡戴"东坡帽"，甚至出现文人圈子里"人人皆戴东坡帽"的盛况。

然而，我更喜欢苏东坡头戴斗笠的样子。

"东坡在儋耳，一日访黎子云，途中遇雨，从农家假笠屐着归。妇人小儿相随争笑，群犬争吠。东坡曰：'笑所怪也，吠所怪也。觉坡仙潇洒出尘之致，数百年后犹可想见。'"

其实，不光是在儋州，在黄州、惠州期间，苏东坡也是每日里戴斗笠，穿芒鞋（草鞋），执竹杖。躬耕田垄之上，为菜蔬施肥浇水，已成为他生活的常态。一个朝廷官员，一个文化学者，往来于山间，劳作不歇，其乐陶陶。或许，当一个人不得志的时候，唯有在自然和乡野中能够寻求到慰藉，与山水同乐，与农人同乐，与乡野同乐，与竹木同乐。

也有"门前万竿竹，堂上四库书"的排场，也有"疏疏帘外竹，浏浏竹间雨。窗扉净无尘，几砚寒生雾"的冷清、寂寥，甚至凄凉。然而，哪怕"累尽无可言，风来竹自啸"又有何妨？苏东坡就是苏东坡，他善于调整自己的心态，在淡定中觅得趣味，在趣味中觅得快乐。

他就是这么超然，他就是这么潇洒。

这是三苏祠里苏东坡的另一幅画像——苏东坡头戴斗笠，穿着宽大的粗布衣袍，手执竹杖，足着木屐，两脚一前一后，交错前行。微风徐来，他局促地用竹杖挑起衣袍下摆，目视前方。他看到了什么？前方有什么？转瞬间，他身体前倾，似前行，又似在退步了。近旁，青竹数竿，竹叶仿佛簌簌地动。画的上方是一轮高悬的明月。

苏东坡说："明月清风我。"

苏东坡说："虽一毫而莫取。"

我先由远及近，又由近及远，细细端详之，他的豁达，他的无畏，他的坚守，他的豪迈，一一跃然画端了。

此画画出了苏东坡的神韵。

苏东坡与李公麟讨论画画技法时说："虽然，有道有艺，有道而不艺，则物虽形于心，不形于手。"意思是说，画山画水画竹之所以栩栩如生，并不仅仅依靠技艺，因为技艺有可能导致"留于物"，而妨碍了心灵表达，只有"胸有成竹"，其心智才能通于各种技艺，从而达于理。因而，他主张，"出新意于法度之中，寄妙理于豪放之外。"

中国历史上，少有文人像苏东坡一样在逆境中能屈能伸，他把儒家的积极入世与道家的超然出世合于一身。他能够直面辉煌后的惨淡人生，能够在患难中平稳度日，能够融入乡野自然，自得其乐。喧嚣污浊中，他有独立的人格精神和自觉意识，以民为本，正道直行，舍弃所得。淡然看待得失，坦然面对生死。

他走自己选择的路，不走别人为他选择的路，他才拥有了真正的自己。钱穆说："人类断断不能没有文化，没有都市，没有大群集合的种种活动。但人类更不能没有的，却不是这些，而是自然、乡村、孤独和安宁。"也许，正是自然，正是乡野，正是竹子，造就了苏东坡独特的文化品格和精神气质。

眉山的山川、大地到底藏着怎样的秘密？不得不承认，自然地理对一个人的人生态度和人格的形成会产生极大的影响。不同的气候、地貌及其生态真的会激发出人的艺术灵感和创造力吗？

在北宋的政治变革中，苏东坡始终坚守着自己固有的东西，从不作恶。事实上，苏东坡也有过官场上的得意和辉煌。四十九岁时，风华正茂。他曾官至三品，任过翰林学士，也任过礼部尚书。举朝上下，官位能匹者，不过尔尔。苏东坡从政四十年，有四分之三的时间在地方任职。由于西湖长期淤积，湖水几近干涸，他到任第二年就动用民工二十万疏浚西湖。疏浚出的淤泥，集中起来筑成了一条纵贯西湖的长堤，后人称其苏堤。苏东坡治水之法，只有一个字——疏。

然而，疏，并非无奈之举，而是对自然的敬畏、尊重和顺应。疏，更是对自然之道的科学掌握和运用。

竹，伴苏东坡一生，或者说，竹融进了苏东坡的生活。在苏东坡的生活中，竹随处可见。"门前两丛竹，雪节贯霜根。""官舍有丛竹，结根问囚厅。下为人所径，土密不容钉。""莫听穿林打叶声，何妨吟啸且徐行。""披衣坐小阁，散发临修竹。""萧然风雪意，可折不可辱。"诗句生动，饶有趣味。诗中的哲理是通过竹的意象表达出来的，而不是经过逻辑推导或者议论分析所得。有关竹的诗句，苏东坡写得太多了。他极具灵心慧眼，到处都能发现竹的妙理新意。

他不但吟竹，写竹，也画竹。《竹石图》就是他的代表作。墨竹之画，是苏东坡爱竹的升华。爱竹，即是爱自然。画家文同，字与可，是苏东坡的朋友。与可善画竹，是"湖州竹派"的代表人物。苏东坡画画从师于与可。二人常一起谈竹论竹。与可认为，苏东坡的墨竹画不是以形见长，而是因其不俗之气见长。而苏东坡自己坦言："画不能皆好，醉后画得，一二十纸中，时有一纸可观。"苏东坡画竹最精辟的见解便是"画竹必先得成竹于胸中，执笔熟视，乃见其所欲画者，急起从之，振笔直遂，以追其所见，如兔起鹘落，少纵则逝矣。"在苏东坡看来，人禽宫室器用皆有常形。山石竹木，水波烟云，虽无常形，而有常理。常理之不当，则举废之矣。因此，要画好竹，必先知竹之常形、常理。胸中当有竹形，知道竹子的各种形态，这是根本。但画要传神，画以传神为贵。竹本固，固以树德；竹性直，直以立身；竹心空，空以体道；竹节贞，贞以立志。让创作的元素烂熟于心，然后创作时才能豪情万丈，恣意汪洋。

苏东坡对艺术、对自然、对人生，都有着深刻的思考。由现象悟出哲理，把人生的感受转化为理性的反思，对沉浮荣辱持有冷静、旷达的态度。在逆境中，他的情绪也有痛苦、愤懑、消沉的一面，但更多的是对苦难的傲视和对痛苦的超越。

竹，是苏东坡自然文学作品中的主角。竹，有独立的竹格和审美价值，而不仅仅是文人雅兴和闲情逸致的载体。竹所呈现的一切，其实也是人的精神活动的高级形态——道。苏东坡心目中的道，也许，不仅局限于道家的道，而是广大意义的自然法则，万事万物的通理。

对于竹的认识和理解，无疑，苏东坡是世间不可无一难能有二的人物了。

竹，柔可绕指，刚可作刃。在这一点上，没有哪一种植物能同竹子相比。竹，有自己的气节和个性。如果说木之美在于年轮的话，那么竹之美就在于气节了。竹子的叶形，大小长短肥瘦不同，叶子的结构也不一样。竹叶呈现出不同的文字图案——"人""个""介"等等。唉，均是"人"字头的字，人与竹居然有如此奇妙的联系。

是的，三苏祠里的竹的确不同于别处的竹。无论是苦竹、斑竹、箭竹、凤尾竹、人面竹还是佛肚竹，都在各自的位置上，以自己的方式，讲述着人与竹的故事，人与竹的传奇。

因苏东坡，天下人皆知眉山。眉山竹产丰饶，民采为食。竹编业亦兴盛。靠竹，竹农的日子过得殷实、安稳、幸福。竹，在微风中的簌簌之声，在阳光下朗阔的影子，带给我许许多多的遐想。

三苏祠的幽，如果有五分的话，那么三分在竹，二分在水。三苏祠的美，如果有十分的话，那么有一分在水，九分在竹。

在一丛翠竹旁，我们停住脚步。三苏祠馆长告诉我，竹子的主体不在地上，而在地下，它更喜欢人的眼睛看不见的地方，喜欢横生，不是向着某个固定的方向，而是向着四面八方。我们看到的地面上的竹，仅仅是它的地下茎的分支而已。在泥土里积蓄能量，在幽暗处沉默不语，等待时机，一朝破土，便势不可挡，昂首向上。

啊呀！闻之，我惊讶不已。原来，三苏祠地下的一切皆被我们忽略了。未见之处，才存活着竹之根本呀！

临别眉山之前，我特意在一家竹器店选购了两把做工讲究的本色竹椅，托运回了北京。一把置于书屋，一把置于门廊。一则，需要；二则，存念；三则，为了某种提醒——人，该持有怎样的人生观？人，仅此一生，人生仅此一次。人，该以怎样的心态和方式度过自己的一生？

遗忘是记忆的落叶，而有特殊印记的器物却可以让记忆生根。也许，每日看到本色竹椅，就会想起苏东坡，想起竹的品格和精神。

贵乎？雅乎？奇乎？——那是苏东坡的竹呀！